青鳥

趙熙之——作

下

BLUE BIRD

目錄

第九章

在李淳一的車駕匆匆往東之際，長安城內開始了大災後例常的罷朝停宴、閉坊罷市，各衙署及宮城內也一律減膳，以此來為災民祈福。

京畿地區的節奏似乎一下子慢了下來，只有長吏們每日東奔西走，檢視災情，協助都水監官員檢校堤防。眼看年關將近，長安城內一星半點的喜色也沒有。

幾個月前女皇大壽時全城狂歡的情形彷彿還在眼前，但那幾晚的歡愉似乎將整年的快樂都透支了，此時全城沒有半點值得喜悅的事。

那場大雨過後，長安便一直無雨無雪。天燥得生塵，走出門，頭頂只有晴朗日頭，迎面就是風沙。

年關裡，這樣的天氣令百姓都惶惶，尤其是吃盡了蝗災苦頭的莊戶人家，看著這旱天，個個擔驚受怕。

地震在前，長安眼看著又要遇旱，京兆尹心中滿是鬱悶，最後不得已上書求祈禳敬天，以免遭受可能發生的旱災。女皇允了這摺子，但她的身體已不適合顛簸，遂令太女李乘風前去南郊祈雨。

乾燥冬日，車駕從朱雀門出，寬闊的天門街上站滿百姓，皆期盼雨能落下來潤一潤這天地間的生靈。太常寺鼓樂聲伴車駕同行，莫名生出幾分哀鳴意味。

李乘風與詹事府、政事堂的幾位宰輔同行往南郊去，宗亭卻因行動不便留在皇城內。中書外省透出幾分死寂的味道。

送走冬至，萬物便醞釀起來年生長，而窗外乾枯的樹枝在風中搖動，像瘦骨嶙峋的手，乾巴巴的，毫無生氣。

宗亭將面前的幻方盒子抓起來，左右晃了晃，那已經完成排序的小木塊就又都亂了。這時案頭一隻瘦巴巴的烏鴉突然呱了一聲，宗亭瞥牠一眼，牠便又禁聲不動，氣也不敢出。當日吃盡拔毛苦頭的烏鴉對宗亭很是懼怕，但因李淳一走時未能將牠帶上，牠便又顯得格外幽怨。

宗亭自小匣裡摸出一只小信筒來，烏鴉瞬時不怕死地「呱」了一聲。就在牠以為宗亭要讓牠送信去山東之際，窗外竄進來一隻白鴿，高傲地棲落在宗亭輪椅的扶手上。

烏鴉又「呱呱」兩聲，宗亭也不理牠，替白鴿綁上信筒，容其飛走後，這才對烏鴉道：「等殿下習慣了白鴿，便會覺得你極醜，羽翼重新養起來也無用，她會忘了你的。」

烏鴉憤憤，心中卻醞釀起出走的計畫。

烏鴉要追隨的主人此時已抵達山東境內。此次震中在齊州都督府轄區內，該都督府所轄青、淄、濟、濮、登、萊六州，是古時齊郡，也稱濟南郡。登、萊東臨大海，在此次大震中受災嚴重，多處有地裂，河流也被遏斷，倒塌的屋廨、廬舍隨處可見，死傷甚多，流亡者眾。

齊州都督府的長官，正是元信。

此地元家呼風喚雨，又有其他世族牽扯其中，政治局勢並不算單純。何況齊州已是國之東疆，越海便是高句麗、百濟，戰略地位十分重要，天高皇帝遠，這些年不知已養成了什麼樣子。齊州猶如一團迷霧，李淳一孤身走了進去。

一路上仍有餘震，這地動似乎沒完沒了，途中所見甚是蕭條，冬日裡竟一點兒活氣也沒有。倒塌的屋舍無人管，被扭斷的堤壩也無人修，寥寥幾個災棚卻連一口熱粥也沒有。拖家攜口的流民沿路乞討搶掠，暗淡的眸光中已流露出要吃人的絕望來，令人膽顫心驚。

抵達齊州這晚，李淳一在驛所歇下，中郎將謝翛率衛兵守在門外，以防喪盡理智的流民衝進來攻擊搶掠。

驛丞夫婦將飯食送到李淳一面前，一臉歉意道：「此地不比宮中王府，只好請殿下將就了。」

然說是將就，卻擺了滿滿一條案，完全看不出大災後缺衣少糧的樣子。李淳一抿唇不言，低頭吃飽飯，卻留了一大半下來。她抬首同驛丞道：「去請中郎將來。」

驛丞匆忙出去喊謝翛，謝翛得令快步走來，進屋卻見換了布衣的李淳一手下正壓著地圖。李淳一頭也不抬，將條案一移，指了那上面一大半未動的食物與謝翛道：「飽腹一頓上路。」言罷，又扔了一套尋常百姓穿的衣裳給他。

謝翛不解道：「殿下這是？」

李淳一瞥向北邊的矮窗。「等中郎將吃完了，我們便離開這裡。」她不可能待在驛所等明天一早都督府的人來接。在對災情幾乎一無所知的情況下，她一進都督府，便會徹底喪失主動權。

謝翛隱約明白她是要先發制人，於是低頭將面前飯食快速吃完，再次抬首時，李淳一已將地圖塞進袖中，推開窗打算出去了。天寒地凍，屋外朔風凜冽，謝翛換完衣裳將馬牽來，李淳一翻身上馬就朝城內奔去。

這時辰的都督府內，各公房仍然燈火通明。各州刺史報上來的災情奏抄都堆在都督案頭，元信卻看也不看一眼，只囑咐僚佐按照之前定好的受災情況往上報。

僚佐秉筆猶豫，斟酌問：「明日吳王便到，虛寫報災奏抄，若被發現其中作假，可是不妥？」

元信似乎並未將李淳一放在眼裡。「區區女流被遣派到這地方來，怎能讓她受苦呢？等她到了就悉心養起來吧，挨過這陣子，請她毫髮無損地回長安，她自在，我們也舒心，各得其所，誰也沒有損失。」

僚佐深以為然地點點頭，遂低頭擬寫起向朝廷申報災情的奏抄。

都督掌管轄區內各州兵馬甲械，又是都督府總判事，同時也兼理民政，此次轄區內受災，即透過各州長吏逐級上報，最後由都督府向朝廷申報詳細災情，以獲相應的賑濟恩惠。因此，如何申報，便大有學問。朝廷為避免地方虛報，故而遣派使者監督檢覈，以確認所報災情屬實。

此次山東受災，擔當監督檢覈大任的自然就是李淳一。然而元信深以為小小皇女翻不出大浪，且她孤身入境等於自投羅網，更不必說有所建樹了。

那邊奏抄寫完審定，已接近黎明。這個時辰，長安城內的官員們陸續出了門，五品以下的進朱雀門，魚群入海般散開，各赴諸司諸衛衙署；五品以上的沿天門街一直往北，在承天門外等待上朝。

天依然燥，光祿寺提供的廊餐也因為修政取消了，官員們飢腸轆轆地等著，殿中侍御史如獄卒般走來走去，話也不能亂講，難免都有些心浮氣躁。

太女南郊祈禳之後，長安仍是滴雨未落。老天顯出不仁來，面目都透著刻薄，百姓們仰頭看天，焦慮越盛。

司天臺今日全體官員又被喊來上朝，連推官也不例外。一眾官員依次列位後，中間便跪滿了司天臺的傢伙們。

女皇緩緩睜開眸，詢問司天臺監道：「既然已祈禳，為何還不降雨？可有什麼天象變化嗎？」

司天臺監回道：「回陛下，沒有。」

「難道京兆府要一直旱下去嗎？」女皇聲音不高，但透出壓迫感，這反問裡甚至已有了要降罪的意思。

年邁的司天臺監不敢出聲，旁邊卻有一年輕推官貿然開口：「陛下，天地災異乃是邪氣，政不行而邪氣作，朝堂中恐有德行不作之事，才致天怒。」

這種話素來都是女皇主動反省才會說，什麼時候輪到臣子開過口，何況還是個小小推官？

女皇登時斂眸。那年輕推官卻又道：「山東逢大震，正是有反常陰氣作怪；而關中又旱，恐是因金氣毀。金為兵，兵不戢自然遇旱。要解山東之困及關中之旱，恐怕得追究其中緣由才能奏效。」

一席話講完，底下人心中各番盤算。反常陰氣可是講太女李乘風不修政德？而兵戈異常，是暗指山東還是關隴？

推官之狡猾，在於話只點到、不講透。

女皇問：「姚推官不必含糊其辭，不若明言。」

「微臣只言天象五行，不敢妄斷朝政。」推官拒絕了。

「好，你不敢講——」女皇又開始點名。「諫議大夫可有話要說？」

賀蘭欽被點到是在意料之中，自他入朝後，女皇便常常在殿上向他詢問政事得失。眾人屏息等賀蘭欽開口，就連李乘風的目光這時也移向了他。

賀蘭欽走出來，俯身道：「既然陛下問了，臣便直言。近來皇城內外官僚百姓都為敬天而修自身言行，然東宮欠了些體恤蒼生的誠意，事關民生，不知東宮可否收斂一些。」他直指李乘風在大災後仍縱慾無度、夜夜笙歌，不修德行以至於觸了天怒。

女皇牙關暗中咬緊，眸光瞬時投向李乘風。

外面天已經亮了，太陽被塵霧蒙著，甚至看不清邊緣。

齊州都督府的人踏著凜冽晨風趕到了驛所，打算接吳王李淳一去往都督府。那人點名要見中郎將謝翛，然謝翛部下卻道：「中郎將昨晚睡下就未再出來過，這時恐怕還未醒，某這就喊去。」

那部下匆匆忙忙進內敲門，卻得不到一絲回應，遂撞門而入，只見床榻空空，不由得一愣。

他隨即又跑去吳王房門口，敲門亦無任何動靜，心忽地一沉，見都督府的使者已經上來了，只好如實道：「吳王與中郎將，似都不在了！」

另一邊，太極殿內賀蘭欽將矛頭直指儲君，氣氛登時緊張起來。

太女雖在大事上拎得清，且也算有為人君的氣勢，然揮霍太過、德行不修卻是她死穴。太女黨自然不會主動戳到這點，諸司官員也不會非要逆著劍鋒往上行，在這種事上能開口的，只有諫官。

賀蘭欽當堂指出太女之不德，不過是在履行諫諍職責。

這時候李乘風卻不慌亂，視線掠過賀蘭欽的臉，昂然道：「諫議大夫的意思是，東宮不修德行所以致地動天旱？」她接下去道：「那今日起，本王便齋戒減膳，閉門祈福。若真如諫議大夫及司天臺所說的『都是本王的過錯』，那本王這樣做，總該下雨了吧？」

後半句反問音調陡升，語氣中絲毫不懼諫官的攻擊與指摘。

賀蘭欽聽了她這咄咄逼人之詞，卻不動聲色。

他不開口，殿中便再無第二人敢接太女這話，這時候一直靜坐著的宗亭卻道：「天意一向難揣，只怕到頭來還是不下雨，關中百姓便是白等了。眼下當務之急，是要未雨綢繆，做最壞的打算。倘若此災避無可避，也好過屆時手忙腳亂。今年秋稅並不樂觀，卻還要貼補山東，倉部、金部、太府寺最好還是先拿個議案出來。」
他講的倒是大實話，聽起來無可指摘，且順利轉移了話題，給了眾人一個臺階下。
女皇咬緊的牙關緩緩鬆開，語氣依然沉緩：「就照宗相公所言，先擬個議案吧。」
講完，她額顳突突刺痛起來，面色瞬時發白，旁邊內侍敏銳察覺到了這變化，急急忙忙宣了退朝。
女皇起身，內侍要上前扶，她卻甩了寬大袍袖，咬牙對內侍道：「叫太女來見朕。」
群臣陸續起身，宗亭對賀蘭欽視若不見，自行轉著輪椅往外去；而那司天臺的年輕推官隨司天臺監起身後，迅速看了一眼賀蘭欽。
賀蘭欽未察覺到這目光，逕自走到李乘風面前，語氣平和地躬身道：「適當齋戒養生亦非一無是處，關中百姓企盼的這雨雪，就指望殿下了。」
李乘風眸光銳利，目標明確且狠毒。但在賀蘭欽直起身抬頭的瞬間，她卻又斂了這目光。此時有內侍匆忙跑來，對她傳達了女皇召見的口諭。她面色一沉，拂袖轉身而去。

通往內殿的路上，空氣渾濁得令人胸悶，路旁排水溝裡幾近乾涸，甚至透出臭味來；而邊上排排槐柳，也絲毫沒有要醞釀新綠的打算。

內殿破天荒地沒有燃燈，光線便暗淡許多，窗子都緊閉，守衛森嚴，彷彿一座大囚牢。

而女皇，彷彿就是其中唯一的囚徒。

女皇頭疾發作，心火上更是澆了幾桶油。李乘風進殿時，恰好是這把火燒到最旺時。

她如常跪地俯身行禮，然這禮還未完，一只裝了熱燙茶水的杯子便朝她飛去。水濺溼衣袍，杯子落地而碎，瓷片飛起，從皮膚上擦過，臉上瞬間就有了血痕。

李乘風動也不動，內殿中只有女皇的聲音。

「朕與妳說過多少次了，胡鬧得有個限度。妳要吃多少苦頭才長記性？」她聲音裡透著壓迫，呼吸也因為疼痛變得濁重。

李乘風抬手擦了一下臉上的血，卻問：「倘兒臣是男兒身，朝臣們可還會說這樣的話？陛下又是否再覺得這是胡鬧？當年阿兄之行徑，比兒臣的有過之無不及，為何朝臣、陛下卻對他那般縱容，連諫官也從不指責他不修德行？只因他是男子，兒臣是女子嗎？」

她不認錯，也不服軟，女皇心頭怒火更盛，頭疾痛得人甚至睜不開眼，抬手就將案上奏抄扔過去。

李乘風穩跪不動，不閃避、不忌諱地反問：「陛下如果也是男子，如今可會落到孤身一人無人伴的地步？」

這一言將整根弦都拉緊，殿中只聞得女皇濁重得無以復加的氣息。女皇雙手緊緊按住臺案，手背上青筋根根分明，下一刻似乎就要掀翻整張御案。然她心頭怒火在瞬間轉為陰霾，整個人也委頓了下去。

「兒臣不願重蹈陛下覆轍，也不想受朝臣掌控，兒臣想像男人一樣活著。」李乘風臉上的傷口又滲出血珠子，然這回她連抹也未抹，竟是堂而皇之地起了身，不顧跌坐在案後的女皇，出了這昏昧的內殿。

這時的齊州境內，愁雲滾滾，一場大雨似乎就要傾盆而下。

一眾人將驛所都翻了個遍，卻壓根未見李淳一和中郎將謝翛的身影。就在驛丞忐忑地杵在堂中，不知要怎麼辦之際，一位衛兵忽然驚道：「吳王留了信！」

他急急忙忙拿著那信筒走出來，將其遞給了都督府的使者。

使者一看那信筒上封著都督姓名，便知是給元信的。他不敢久留，趕緊出門往都督府去。

這只信筒遞到元信手上時，李淳一與謝脩已經出了城門。

元信打開那信筒，卻只拆出一張白紙，他眉毛猛地一挑，交代身邊僚佐道：「那報災奏抄緩兩日再遞。」

僚佐「喏」了一聲。

元信微微斂眸看向堂中香案，又道：「對外稱吳王在齊州失蹤，開始搜尋吧。」

僚佐領命退下，外面淒厲的大雨就傾倒了下來。豆大的雨點劈里啪啦砸在地板上，從水跡斑駁到溼透也只是眨眼的工夫。

李淳一這時奔行在往東的路上，騎得飛快。謝脩快馬加鞭追上去，隔著雨簾與她大聲道：「前面有粥棚，等雨停了再走吧！」

李淳一行至粥棚前，勒韁下馬，站到棚內避雨。

一場大雨阻斷了行程，正好可以歇一歇，連夜趕路到這會兒，連馬也累了。

這賑災粥棚周圍人煙稀少，寂寞的大鍋裡盛滿了渾濁雨水，只有泥沙卻無一粒粟。

李淳一抖落袍子上的水，看著棚外的傾盆大雨，眼中生出憂慮。

謝翛遞給她一塊餅，稱呼穿了男裝的她為「郎君」，並問：「御史臺那兩位里行（註1），可是直接往北面去了？」

李淳一不作聲，低頭將餅掰開一小塊，塞進嘴裡。

御史臺這兩位里行都是透過今秋制科剛提上來的，出身淮南，先前都在李淳一籌建的寺觀內待著。這兩人也在李淳一此行的車隊中，但那晚還未到齊州驛所，李淳一便令他們先去北面核查災情。此外，還有水部司與倉部司幾人，也在剛進入齊州時分開出行，去檢覈受災及賑災情況了。

李淳一作為巡撫賑給使，有權決定檢覈的手段，並不需要與地方通氣。

她這番安排無可指摘，但因太沉得住氣，以至於謝翛一直在猜。直到她自己也悄無聲息出來親自核實災情，謝翛才大約明白她的想法——進都督府之前，她必須自己心裡有一本明帳，這樣才有底，才能夠去為百姓、為朝廷爭。

天地間潮氣翻湧，流離失所的災民只能忍受這無處討說法的不仁慈。越來越多的災民擁入臨時搭建的粥棚內，卻見不到一個州縣官吏。

註1　見習的意思。

李淳一的馬淋了雨，甩頭低嘶，就在她打算上前將牠牽進來時，霎時有一孩童朝她衝過來。那髒兮兮的小兒幾乎是撲上來抓住她的手臂，因為餓昏了頭，甚至咬住她緊抓著乾糧的手！

謝脩反應過來，霍地將那孩子扯開，那小兒卻不餒，餓狼般再次朝李淳一撲去。謝脩猛地將那孩子抱起來，緊緊箝制住，不讓他再胡亂攻擊。

李淳一將那塊餅遞過去，小兒一把奪過，低下頭登時狼吞虎嚥起來。待他吃完，謝脩才將他放下，鬆開雙臂，低頭問：「你的家人呢？」他講的是官話，小兒似乎聽不懂，只顧著舔指頭上的餅屑。

謝脩看他沒反應便也不再管，一抬頭，卻注意到李淳一的手——虎口處一排狠毒的牙印，皮肉已經破了，血珠子正往外冒。

「郎君可還好？」謝脩趕緊摸出膏藥遞過去，李淳一卻未接。

她盯向小兒額側、頸間的水泡，忽然上前兩步按住他額頭，那小小額頭滾燙，嘴巴乾裂出血。她心中一怔，下意識往後退了半步，抬頭卻見西面流民為了搶奪乾糧朝這邊湧來。

謝脩見狀不妙，一把牽過韁繩催促道：「郎君快走！」

李淳一聞聲卻還站在原地，謝脩見她動也不動，顧不得太多，抓住她的臂就推她上馬，同時自己也蹬上馬背，鞭子揮向了李淳一的那匹馬。

駿馬狂奔，李淳一卻轉過頭去看。隔著漫漫雨簾，方才那孩童兩眼瞪得老圓地看她遠去，面目裡是無盡的茫然與無措。那小小身軀忽被蜂擁而來的人群撞倒，幾度想要掙扎著爬起，卻最終沒能再站起來。

馬越是往前，人群便越是遠去，大雨裡的馬蹄聲與呼吸聲，似乎都響在耳畔。

雨漸漸停了，馬也停下來，兩人渾身都溼透。

李淳一雙手緊握著韁繩，面對謝翛「郎君怎麼了」的反覆詢問，也只低頭擦了一下臉上的雨水。

那臉慘白一片，毫無血色。

淮南水患時的可怖情形還歷歷在目，但她抬起頭，面上便換了沉靜與該有的穩重。

她回頭看了一眼，嚴肅道：「是疫病。」

粥棚裡那個孩子的命運已不可逆轉，齊州府百姓的命運亦未可知。驟雨止歇，天地間一片灰暗，馬低頭啃嚼地上枯草。謝翛聽李淳一講完，面上忍不住閃過一絲憂慮。

他在軍中也見識過疫病，但那已經是接受控制與隔離後的疫情，與民間爆發的疫病有很大區別。山東儘管富庶，但各州僅有醫博士一人，助教一人，醫學生也不過十三、四個，如果疫情爆發，官方的救助與控制力量實在有限。

此時兩人已到青州境內，謝觽心中打起了退堂鼓。「殿下，可要折返回齊州府？」

「去青州州廨。」李淳一面不改色地說完，一夾馬肚便往前馳去。她周身潮溼，陰冷的風將寒意全吹進了皮肉骨頭。

沿途無人收殮的屍體隨處可見，似乎連四肢也不齊全，森森白骨被暴雨刷去汙泥、腐肉，全都露了出來。

駿馬疾馳，至青州州廨時已近傍晚。李淳一翻身下馬，剛往前兩步，門外吏卒便攔了她的路，理直氣壯地對一身布衣的她道：「州廨豈可容閒人擅入？」

李淳一站著不動，謝觽走上前，將符遞了過去。「請通報一聲。」

那吏卒捧起符來看了好一會兒，又看看他們二人馬匹，臉色瞬變。就在他要揣了那符往裡通報時，卻有人踏著積水從衙門內走出來。

那人一身緋色官袍，而青州境只有一人能穿這服色——

此人便是新任刺史顏伯辛無疑。

刺史既然為州廨最高官員，自然也是一州之長。然這一州之長，也不過二十幾歲年紀，清秀俊朗，哪怕因災情難解而枯瘦了一些，也不見頹靡之色。

李淳一看向他時，他也朝李淳一與謝脩看過去。

那吏卒倏地向顏伯辛行禮，雙手將謝脩的符奉上。顏伯辛卻不接，只板著臉問：「七個縣的縣令，到現在一個也沒來嗎？」

吏卒小聲揣測道：「按說也該到了，大約……是被先前那場大雨耽擱了？」

顏伯辛面色沉重，又瞥一眼吏卒手裡捧著的符，瞬間明瞭這兩位來客的身分，但他只不卑不亢地低頭拱手。「臣未料吳王會到此地，失迎了。」言罷，他抬首看向李淳一，也不請她進州廨。

身為顏家嫡子，顏伯辛渾身上下都透著百年世族的高傲，這家人甚至不屑與出身關隴的皇家聯姻，又怎麼看得起這個家族裡的一個庶女？

謝脩剛要開口，李淳一卻已同顏伯辛道：「顏刺史是要本王與你一道等那七位縣令嗎？」

「吳王若願意一起等，那就等吧。」他順著她的話接下去，絲毫不顧她此時渾身潮溼的狼狽模樣。他脊背挺直，也不懼外面寒風，就當真站在州廨門口等轄下那七個縣的縣令。

吏卒小心翼翼將廊燈點起來，最後點到顏伯辛頭頂那盞時，夜幕徹底垂覆了下來。守在外面的衛兵一動不動，謝脩已有些沉不住氣了，而李淳一卻不動聲色，當真是陪顏伯辛站到了天黑透。

天寒地凍，下過雨的青州尤其冷。本來衣服就是潮的，李、謝二人都快被凍成了冰，顏伯辛卻看也不看他們一眼，面色沉靜簡直如死水，直到他聽到那越發近的、帶著潮溼的馬蹄聲，冰封的臉上才有了一點兒微不起眼的變化。

來者是益都、臨淄兩縣的縣令，一看這架勢，各自心裡頓時「咯登」一下。兩人不明就裡，便只好對著緋袍的新刺史行了禮，然顏伯辛不開口，弄得他們不知如何是好，只好杵在那。顏伯辛同樣不讓他們進州廨，他們便只好一起等那餘下的五個縣令。

兩縣令被凍得牙打顫，心中將顏伯辛與那幾個遲到的縣令狠狠罵了一通，眼角餘光則不自覺地瞥向旁邊的李淳一與謝脩。

空氣裡一點兒人聲也沒有，只有呼出來的熱氣成了團團白霧。等那五位縣令陸續到了，顏伯辛看向李淳一，道：「吳王不懼嚴寒等到現在，可是要一起參會？」

顏伯辛完全把控著局面，這點令謝脩十分不悅。

他一路上見慣了李淳一沉穩有主見的模樣，這時見她如此被動，實在不舒服。然李淳一似乎另有謀算，她視線逐一掃過那幾個縣令，開口：「既然都到了，就不要再耽誤，進去詳談吧。」

她沒有太女咄咄逼人又張狂的架勢，反而有幾分禮賢下士的謙虛、謹慎與穩重，且似乎格外沉得住氣，多少令顏伯辛心中樹立起來的偏見有一點兒動搖。一眾縣令也是吃驚，根本沒想到這著一身布衣之人，竟是女皇遣派至此地的巡撫賑給使。

一眾人各懷心思進了議事公房，顏伯辛空出主位不坐，但也不請李淳一坐。李淳一不占地方官的主位，只逕自坐在他對面的位子。謝脩與顏伯辛同階，卻在他下首坐了。各縣令再依次往下坐，最末坐了個秉筆書吏。

一杯熱茶送上，連晚餐也不給，便開始議事了。

顏伯辛之所以將底下七個縣的縣令喊來，主要還是因為賑災不順利。前一任留下的爛攤子還沒解決，轉眼又碰上了大地震，這個官換誰做都難。

一書吏捧著簿子過來放下，顏伯辛壓著不動，只說：「難處我都了解，重複的話不必說，揀要緊的情況報。」

三、五個縣令面面相覷，也有逕自低著頭不吭聲的，個個心中都掂著一桿秤，一頭垂著自己的考課（註2），另一頭掛著百姓生計。

註2　政績考核。

「一件要緊的事也沒有？那我來說。」顏伯辛翻開簿子道：「博昌、壽光兩個縣，賑濟糧一粒也撥不出，連粥棚都只是擺擺樣子，是打算指望用朝廷的糧食來賑災嗎？義倉為什麼不開？」

被點到的兩個縣令含糊其辭道：「義倉也開過一陣子，但刁民實在過分，如今已是空了。」

「根本是從來都空無一粟吧！」顏伯辛語氣驟急。「前年、去年留縣的稅收，沒有按規矩充義倉，被拿去做什麼用了？」

兩縣令年紀也都不小，被一個年紀輕輕的刺史這般訓著，心裡十分不快，卻一點兒辦法也沒有。顏伯辛不好糊弄，在他們來之前，就已經將各縣情況摸了個透，今天這議事會，便是要找他們算帳呢！

這事一搬上檯面，在座的幾位心裡頓時沒了底，眼角餘光都默默瞟著顏伯辛手裡的簿子，不知他對底下縣鄉的情況到底清楚到什麼程度。

而謝脩這時也回過神來了。顏伯辛所做的事，本質上與李淳一在做的並無區別，說到底就是初來乍到信不過，因此要親自核驗清楚，待心中有一本明帳後，坐下來才有可能占據主動權。

顏伯辛續道：「義倉空著，連常平倉（註3）的糧都被炒到高價，逼著

註3　古代政府為調節糧價、儲糧備荒以供應官需民食而設定的糧倉。

百姓賣永業田（註4）求一口糧嗎？青州百姓以農為生，田若賣給大戶，明年吃什麼？請問兩位明府，你們這是要逼著百姓反還是逼著百姓去死？」

其中一人仍辯駁道：「常平倉的糧價並不是官府炒上去的，是那些大戶貪得無厭且狡猾，這才——」

「大戶？兩位明府與縣中大戶毫無瓜葛來往嗎？」顏伯辛說話直截了當，直踩痛處，罵這兩位縣令與大戶之間牽扯不清，縱容土地兼併，才致貧戶無立錐之地。

那人頓時歇了聲。

「今年的考課已經結了，至於明年諸位的考課會是如何，得看能否順利度過此次難關。」聲音因為長久疲憊略帶啞音，銳意氣勢卻不減。「實際的受災戶數，我已遣人核查過了。之前你們虛報的我暫不追究，但今日起撥給的正倉糧，要如實發放、如實記載，錯了一斗我都要計較。」

「這——」壽光縣令為難道：「但災糧發放時，局面常常不好控制，嘩嘩米糧像水一樣無度地撲出去，地上卻看不見潮，該餓著的百姓還是餓著。」

註4　唐時所施行的田制之一。每丁授予桑田若干，種植定量桑、榆、棗，依法課稅。因可世代承耕，故稱為「永業田」。

千乘縣令緊跟著附議。

「以工代賑。」從開始到現在一直沉默的李淳一只講了四個字。

顏伯辛眼角不經意間迅疾挑了一下，幾個縣令也循聲看過去，壽光縣令搶著道：「微臣願聞其詳。」

「既然無償賑濟往往會亂，那就換個辦法。」李淳一不慌不忙接著道：「青州蒙此大震，損毀眾多，春汛將至，許多河堤得抓緊時間修補，只靠官健（註5）似乎是不夠的，不如僱用災民，這樣免得災民四處流竄，也利於盡快重建青州。」

千乘縣令聞言頻頻點頭，而顏伯辛竟是接著李淳一的話頭，往下講了以工代賑的具體實施細節。

他按在簿子上的手未再動過，那簿子也沒再翻開。

從嚴控物價到控制田畝兼併，這會議也隨著夜越來越深入，最後壽光縣令又稟道：「壽光縣內已有疫情初顯，下官一路過來時，也見有不少流民死於途中，倘不加管控，只怕要釀成大禍。」

話題終於講到疫情上，顏伯辛年輕面龐上的表情顯然更加沉重，但他仍無一絲一毫的氣餒，有條理地回道：「各縣鄉要遣專人掩埋無主屍

註5　由政府供給衣糧的州兵。

骨，病死家中的則由家人收殮埋葬，但不得停靈；倘能借寺廟的就借寺廟，不能的要單獨設立病坊，不得探視、隨意出入。即日起，青州醫署的十三位醫學生會下各縣遣發藥方，張貼告示，周知百姓進行防疫。」

「糧食緊缺，這藥恐怕也難啊……」壽光縣令臉上又顯出憂色來。「給百姓的防疫方不會太複雜，最多一、兩味藥，藥材也不能是稀缺物，這樣易記，平民百姓也更易獲得。」李淳一看向坐在最末的那書吏，書吏趕緊將紙筆遞上。

李淳一提筆寫完，起身將方子推至案中央。「此方是太醫署確認有效的，且之前淮南水患時亦有使用。」

顏伯辛至此已不打算再翻手下的簿子了，他用眼角餘光瞥了眼李淳一，心裡是說不出的複雜滋味。李淳一今晚僅僅說了兩件事，然在這兩件事上的想法與他心中所籌謀的出奇一致。

他心中的偏見越發動搖，但最後陡然回神，看向一眾沉默的縣令道：「還愣著做什麼？等明日天亮嗎？今晚就去做。」言罷，起身吩咐書吏將議事要點、災後條令及防疫方分抄給諸縣令，便將他們連夜趕回各自治所。

青州的雨，停了一下午，卻又下了一徹夜。

這無邊無際黑乎乎的雨，將青州淋得泥濘不堪，河道水位也瞬間湧了上來，偌大的冷寂州廨中，沒有一個人能睡好覺。

一大早，李淳一便隨顏伯辛前去治所的病坊，走到門口，顏伯辛道：「此處瘴氣甚重，殿下玉體金貴，請不要進去了，就此回吧。」

他說完看向李淳一，只見她眼底疲色甚重，面色也十分難看，嘴唇幾近發白，看起來狀態極糟。

「殿下不該來。」他察覺到她應當在發熱，而昨晚是他讓她在寒風裡穿著潮溼的袍服站了整整兩個時辰。

「無礙。」

這聲音已非常低了，顏伯辛卻不再攔她，逕自撩袍進了病坊，莫名察覺到不對，陡聞身後一陣驚呼。

「殿下！」

他驀地轉過身，卻見李淳一已倒在泥濘的路面上。

他心中一怔，遲疑半晌，卻忽然上前兩步，低頭對失去意識的李淳一冷冰冰道了一聲「冒犯」，便俯身將她從泥地上抱起來。

天地不仁起來，當真是無計可施。需要雨水的地方一滴不肯落，不要雨的地方卻嘩啦啦倒得慷慨。

青州到處泛著潮意，重建工事難以繼續，廟宇、災棚裡人滿為患。一女童縮在阿娘懷裡，面上脖頸已長出斑疹，呼吸越發沉重，連額頭也滾燙。那母親躲在角落裡一動也不敢動，女童閉著眼，聲音嘶啞地要水喝，她阿娘便心焦起身去為她尋水。

這時忽有人在她們身邊驚叫起來。

「有人出疹子了！」

那母親面上駭然又張皇，周圍的人尖叫著避開，只有外面捂著口鼻的衛兵衝進來，要攆她們出去。

小女童昏昏無力，聞得嘈雜驚叫，想睜眼卻不能，只張嘴發出痛苦呻吟。她阿娘緊緊抱著她，眼淚迸出眼眶，憤怒又無聲地抗議著。然這抗議實在有限，周圍「快趕她們走」的呼聲越發高昂，衛兵便二話不說將她們趕出去。

雨無邊無際地下，吧答吧答落在地上，水珠子在棚外飛濺。

母女二人到底是被趕出了災棚。這幾日見慣了此景的一個垂暮老者，坐在門口呆呆望著，口裡喃喃道：「生民卑賤哪……」

這時候的青州州廨內，衙差們將雄黃、礬石、鬼箭羽等藥用青布裹了，掛在中庭熏燒起來，為防疫氣，連井水裡也投了硃砂、菖蒲等藥物。

女醫仔細處理了李淳一手上的咬傷，悄悄退出去。雨聲小了些，天色越發暗沉，李淳一所居的房間周圍，安靜得只能聽到雨滴聲。

早上奉命出門辦事的謝翛在天黑前趕了回來，聞得李淳一病倒，趕緊要去探望，卻被庶僕攔住了。

那庶僕站在門外，毫不客氣道：「顏刺史有令，不得隨意探望吳王。」

「讓開！」謝翛眼看著就要動粗，顏伯辛卻走了過來。

他淡淡地看了一眼謝翛，謝翛立即質問：「為何不讓人進去探望？」

顏伯辛卻連個解釋也懶得給，這時裡面一位掩了口鼻的侍女走出來，與顏伯辛道：「殿下醒了。」

顏伯辛只一人進去，那門便關上，將謝翛擋在門外。

熏藥氣味撲鼻而來，李淳一剛用過藥，十分虛弱，哪怕憑藉意志再怎麼強撐著，也是連下榻的力氣也沒有。

顏伯辛走到榻前，不冷不熱道：「殿下高燒不退，是不是疫病，得過兩日才有定論，這陣子就委屈殿下在這裡待著了。」

李淳一張了張口，但喉嚨幾乎罷工，連個完整的音節都發不清楚。

顏伯辛忽俯身去聽，聽她模糊地講了「不是疫病」後，又直起身看向她的臉。「臣知殿下心慮百姓，但殿下在青州境內，臣就要為殿下的安危負責。」他說著，看向暗光中那雙喪失生氣的眼睛，心中有一瞬的恍惚。

其實他是見過她的，許多年前，他隨母親去長安探親，在國子監待過幾日。

那時她不過是個被遺棄的小皇女，如今不論是樣貌，還是氣場都變了，但這雙眼睛還是與多年前一樣。

就在他不經意掉入回憶窠巢之際，李淳一費力抬起的眼皮忽然垂下去。顏伯辛鬼使神差地伸出手替她掖了被角，指尖差一點就碰到她的臉，但他還是瞬間收回來，並移開目光轉身走出了門。

接連兩日，李淳一狀態都很糟，因為缺覺又疲憊，加上傷寒搗亂，整個人枯瘦了一圈。謝翛仍奉命在外奔波，而顏伯辛每到傍晚就會親自探望。這天傍晚時，雨終於停了，大風從青州境颳過，似乎要將地上這累日潮溼都帶走。

顏伯辛進屋時，屋內動靜也沒有。他用眼角餘光瞥見案上一卷紙，便往那案桌前走了幾步。

紙上墨跡早就乾了，雖然是在病中所書，但上面字跡工整。他不由自主將那卷紙攤開，藉著燈光辨讀出前面所寫是災情與對策，後面寫的是齊州都督府的一些情況，看到最後則是私信。而收信人，正是中書相公宗亭。

顏伯辛抿起唇，想起幾年前與宗亭的切磋來。

他正入神，李淳一卻從簾後走出來。顏伯辛聞得腳步聲，猛抬起頭，卻見她在幾步遠的地方停住了。

他還未來得及開口，李淳一已是問：「看完了嗎？」

他偷看書信是無禮在先，這時竟生出幾分不自然，但仍刻意掩飾。「殿下不愧有治災經驗，對策部分寫得很好，臣受益匪淺。」

「再後面呢？」她問的是關於齊州都督府的部分。

顏伯辛瞬時斂眸，隱約猜出她幾分意圖。

這時李淳一拖著病體走到案前坐下，倒了一盞尚溫的茶水道：「顏刺史頭頂青天，心懷百姓，本王已有所了解。不知這胸懷，是只裝得下青州，還是整個齊州府呢？」

她說著將茶盞往前一遞，說：「坐。」

聲音不高，但透著身為特使的主動，她竟是不知不覺間重新拿回主導權。

顏伯辛在對面坐下，卻不接那盞茶。

微弱的熱氣上騰，翻不出風浪。顏伯辛道：「臣不知殿下何意。」

「很簡單。」她直截了當，抬眸看向他。「你我都清楚齊州都督府問題不小，而這關乎齊州百姓存亡，再睜一隻眼、閉一隻眼下去，恐怕最後要釀成大禍。」她稍頓。「顏家是山東大族，近年來勢頭卻大不如前，其中緣由你我也都明白。我希望在齊州都督府這件事上，顏刺史、顏家都能有個立場。」

話說到這個分上，她為何來青州，之前又為何對顏伯辛如此謙恭，都清楚了。

她孤立無援對抗元信，自然是不行。儘管山東境內勢力錯雜，然她仍有可爭取的力量，譬如世代以禮法治家的清貴門閥顏家。

顏、元兩家之間有過幾次聯姻，但這裙帶的牽扯其實很有限。在山東這個地盤上，勢均力敵的兩個世家，一個因為攀附上了皇家姻親並汲汲鑽營，以至於現在呼風喚雨十分囂張；另一個則還保持著一貫家風，抗住襲來的疾風迅雨，低調踏實地站著。

儘管如此，顏家又確實在風暴的中央，有時候仍要被迫站隊。顏家需要做出選擇，而眼下李淳一將這選擇拋給了滿心赤誠的顏伯辛。

顏伯辛不表態，但他心中多少有些想法，遂問：「殿下需要什麼來證明立場？」

「顏刺史原先任齊州都督府參軍，對齊州府的兵帳自然有數，將你了解的情況如實上稟，這便是立場。」

她講得更直接，顏伯辛卻輕彎了脣角。「兵帳能真能假，暗中的東西，明面上又如何看得到？殿下未免有些太樂觀了。何況，若臣冒失上奏，最後燒到腳的，會是臣自己。」

他說完起身就要走，李淳一卻不慌不忙道：「都督府謊報災情，縱豪強富賈惡意兼併土地，私自增設稅務名目，違制私募職業兵，百姓又豈可安心？天災已是令人難安，難道還非要再強加一層人禍嗎？」

顏伯辛有一瞬的沉默，心頭莫名竄出一絲躁火，忽俯身端起茶盞，將冷掉的茶水飲了個乾淨，最終還是拒絕了李淳一的「上奏」提議，一字一頓道：「殿下的激將法對臣無用，臣不會那樣做。」

外面的風越發大起來，青州難得地陰了幾天，空氣渾濁，處處透著藥草味和焚燒過後的煙塵氣。

李淳一陸續收到了出行各州的監察御史里行的匯報，她將心裡這本帳理了理，從青州往西，與謝翛一道折返回齊州都督府。

元信派出的人還在搜尋李淳一的下落，她卻自己登上了門。

都督府的報災摺子正要送出去，卻被李淳一攔了下來。那送信驛丞一愣。「殿下，這……不太好吧——」

謝翛橫了他一眼，李淳一的衛兵頓時在外守了一圈。

李淳一拿著那摺子入內，出示特使符節，公廨內吏卒、僚佐便嘩啦啦跪了一片。

最後元信從公房內姍姍走出來，看著一臉疲憊的朝廷特使，不行禮也不問好，只略略揚起眉。「一直沒見妳的消息，我還以為出了什麼事，都遣人報信回京了，眼下看妳似乎還好，倒是可以放心了。」

李淳一目光平靜，但心中公恨、私仇揣得滿滿的。想到自己與宗亭因馬球場那件事吃的苦頭，她便十分惱火，看著這張臉怎麼也笑不出來。

元信瞥見她手裡的摺子。「扣下來也好，妳看過簽了字再遞，事情更好辦。」

「若此奏抄是如實報災，本王一定簽字。」她話鋒一轉。「但如果謊報——」

元信的一位僚佐沉不住氣搶著道：「都是依各州奏抄核定，又豈會謊報？」

「本王話還未說完，你卻好似被踩到痛處，是心裡有鬼嗎？」她翻開那奏抄，低頭尋到擬書者的名字，抬頭看他。「張忠祺，是你嗎？」

氣氛登時劍拔弩張，一眾人立在公房外的廊廡裡，不進不退，形成了對峙之勢。

李淳一繼續往後看。「為何本王覺得這奏抄所報不實呢？」

元信面上雲淡風輕，講話也是老謀深算的樣子。「我知妳做事認真，大概真是四處巡過了，妳主觀上覺得實情與奏抄有出入，也並不是不可能。報災不是做帳，估算得多了，自然有出入，這些都是容許的。」

氣氛頓時僵下去，就在這時，外面忽有吏卒跑來，稟道：「青州刺史顏伯辛求見都督。」

元信瞇起了眼。

顏伯辛的到來讓廊廡下緊張的局勢倏地扭轉，元信問：「他有什麼事？」

吏卒回道：「只說有要事急見。」

元信留意了下李淳一的神色變化。「就說我正與吳王議事，讓他等著。」

吏卒應了一聲，剛轉過身要去回稟，顏伯辛卻是逕自進來了。他周身透出沉重與操勞，一身緋服將面色襯得更是蒼白，眼中銳光卻絲毫不減。

他往前走了幾步，眾人遂都瞧見了他，只聽得他不鹹不淡地問一句：「現在議事都換到廊下了嗎？」

他對吳王的態度不卑不亢，對一府的都督更是如此。之前他在元信手下任參軍時，也絲毫不現諂媚卑微。百年世族的驕傲與生俱來，有志做官，為民謀福就做，倘看透了不想幹也就算了，正因沒有寒門那樣汲汲鑽營上來的辛苦，反而歪腦筋少，脊背挺得更直。

李淳一不動聲色。元信乾笑一聲，回顏伯辛：「你總是這樣唐突，眼裡還有我這個都督嗎？」

顏伯辛道：「七縣的疫情已到了火燒眉毛的地步，下官實在無法再等。青州的疫情若是控制不好，遷延到他州，到時候不光是青州之災，整個齊州府恐都要遭大禍！」

他這話倒不只是用來嚇唬人的，元信聞之，目光稍凜。「進來說。」

元信轉身往公房內走，竟是將李淳一晾在外面。

顏伯辛快步走到李淳一身邊，道：「既然吳王也在，煩請一道參謀此事。」

他言罷，做了個「請」的手勢，面上還是不冷不熱的老樣子。

李淳一應聲進了議事公房，手裡那卷報災奏抄不由得握得更緊。她身後幾位御史里行及尚書省官員也打算緊跟著入內，卻悉數被擋在門外。

元信不顧李淳一的特使身分，逕自坐於首席，李淳一便只能屈居下首。她的乖順令元信滿意，好像先前廊下的針鋒相對都掀了過去。

三人依次坐了，顏伯辛取出兩份奏抄，一份遞給元信，另一份則遞到李淳一面前。

「青州是個爛攤子，但下官既然接了便不會打退堂鼓。然而如今義倉無糧可賑濟，防疫、治疫藥材也尤其緊缺，此般境況下，下官哪怕關城禁災民流竄，到最後也不過是讓青州百姓又飢又病偕城亡。下官不想要這個結局，都督恐怕也不想，殿下、陛下更不想。眼下青州亟需的援助已悉數寫在摺子裡，還請都督與吳王過目。」

他言辭中將災害結果描摹得尤其嚴重，元信皺眉翻開那奏抄，略看了幾眼。「知道了，但這事齊州府幫忙也只是杯水車薪，得等朝廷的賑濟撥下來。」他說著，目光倏地投向李淳一。「眼下京畿乾旱，也正是儲糧以備不患之際，是來不了糧的。賑濟災糧恐得朝廷批過了再從江淮轉運過來，時間便更是緊迫。」

講到這裡，他的目光移到李淳一手下的奏抄上。「本來今日就能遞上去，這一壓又是耽誤一日。災情不等人，多等一日，死的百姓就越多。顏刺史該問問吳王是否懂這個道理。」

他將施加在自己身上的壓力轉給李淳一，倒是迫她早點將這報災奏抄放行。

顏伯辛也看向李淳一，李淳一卻只低頭翻閱顏伯辛遞來的摺子。她忽而將摺子合上，抬頭道：「關中或江淮的救濟都是遠水，無法解眼前這近渴。眼下先齊州府內互相接濟，不夠則就近借糧。至於報災奏抄，自然會遞，請都督不用著急。」

元信道：「借可以，誰來還？用什麼來還？」

各地之間財政一般不做牽扯，哪怕臨時借出，也沒有不還的道理。

李淳一回道：「自然是用朝廷批下來的災款、災糧還。」

她講得有理有據，且最後也表了態，但元信只是姑且聽聽。

當然她也是姑且一講，因這報災奏抄上所統計出的戶數等等，錯漏百出，分明是向朝廷提出了過分的要求，索要超出這賑災之外的錢糧支持。

她手下壓著的這兩份摺子，一份是都督府所申報的諸州災情奏抄，其中青州的部分她已經看過；而另一份，則是由顏伯辛給她，上面簽署了七縣縣令及巡道監察御史姓名的青州災情奏抄。

同樣是關於青州的災情，顏伯辛的聯名奏抄比都督府申報的要真實得多。

循律例，都督府應當按照轄區內各州報上來的情況進行檢覈匯總，但很明顯的是，都督府的這一份無視各州情況，平空捏造，目的即是為了訛朝廷的災款、災糧。

百姓死活，從來不是他們考慮的重點。

顏伯辛今日額外給她的這個，是證實都督府造假的鐵證，但他意圖又何在？是站隊，還是僅僅因為良心上過不去？

「既然事情講清楚了，你快點回吧。這種緊要關頭，青州不能無人主持。」元信催促顏伯辛離開。

顏伯辛起了身，卻說：「倘若拿不到糧和藥就回，下官這趟便是白跑了。」他執拗住了，大有不解決問題就不罷休的架勢。

元信眉宇間復生厭煩之意。「你這人怎麼這樣倔！」他亦起了身，敷衍道：「青州既然疫災嚴重，先讓都督府醫署給你撥些藥，我還有要緊事，就不奉陪了。」

他說完就甩袖先出了門，竟是撇下李淳一與顏伯辛。站在一旁的秉筆書吏不知是出還是留，尷尬地看向李、顏二人時，顏伯辛卻迅速對李淳一使了個眼色。

隨後他出了門，只留下李淳一。

李淳一將那兩份奏抄收好，起身出門時，謝翛立刻迎上來。同時走過來的還有都督府執事。

那執事對李淳一躬身道：「目前外邊不太平，殿下若住驛所，安危亦很難保障，請殿下在都督府住下。」

這無疑是要將李淳一控制在都督府，於是謝翛挑眉反問：「都督府就一定安全嗎？」

執事卻道：「小人不敢如此斷定，但小人知道，外面比都督府更不安全。」

倘若是在都督府出了事，元信就要擔大風險；但如果是在外面出了事，就不好說了。如此一想，最危險的地方倒確實是最安全的。

「知道了。」李淳一隨口應付他一句。「本王先看看。」

偌大的都督府，警備森嚴，連她進出走動都略受限制，但對顏伯辛似乎不奏效。他原先是都督府參軍，顏家又與元家有些裙帶牽扯，所以這些守衛對他是格外客氣的。

李淳一一路走，一路想對策，走到廊廡終點下意識要回頭，西邊卻忽伸過來一隻手拽過她胳膊。

她登時抬眼，顏伯辛虛掩住她的脣道：「顏某冒犯，吳王勿怪。」

他說完倏地收回手，瞥了一眼往西的廊廡，與李淳一道：「都督府有虧空，才想方設法來補缺，而眼下算盤都已經打到救災上，實在是百姓之災。而這虧空不是這一年、兩年的事，山東的隱戶、元家的私兵，是舊疾，已經爛透了。這些倘若全挖出來，恐怕會超出吳王的預料。」

他講話時幾乎沒什麼表情，但內容令人驚顫，聲音也有些難抑的急切。

風更大了，颳得碎髮亂舞。

顏伯辛因為疲倦而凹陷的眼眶裡藏了些難言明的為難，但他隨即又釋然。「這風終歸會將汙穢泥沙都颳走，該露出來的一定會露出來，山東的天希望有重歸乾淨的一日。」

他說完低下頭。「吳王可有信心嗎？」

到此他已算是站了隊，李淳一自袖袋中取出一塊布帛給他。「其他我會自己查，唯獨私兵這點，需要你的協助。」

那布帛上列明了暗查的方向要點，等於向顏伯辛坦承了自己的計畫。雙方結盟需要誠意，給對方留如此鐵證，便是十足誠意。

不過顏伯辛沒有收。「聽說吳王字跡多變化，這布帛也不能證明是出自吳王之手。臣明白吳王決心就夠了，不需要揣著什麼把柄。」

大塊陰雲被風捲挾著從都督府上空快速移過，眼看著又要落雨，然長安仍滴雨未落。

關中土地的焦渴、怒氣悉數來到朝堂上，女皇為此停了朝，皇城各官署內忙碌又沉寂，連一貫碎嘴成性的宗正寺及太常寺衙門，都因此變得寡言沉重起來。

長安城的坊門死死閉著，百姓在家中掰著指頭吃餘糧，心中滿是糧缸見底的絕望。

日頭囂張地橫在當空，渾濁的陽光籠罩下的長安里坊，方方正正、涇渭分明，當真如牢獄一般死氣沉沉。

宗亭這天回到吳王府，同時收到了從山東與關隴兩地發來的急信。

暮色沉甸甸地壓下來，出逃失敗的烏鴉棲落在燈檯邊上「呱呱」地叫喚著，竟是顯出幾分悲傷。宗亭只點了一盞燈，手下壓著關隴那封不看，只拆了李淳一從山東寄來的信。

他讀她所寫的策略，全是公事公辦的態度，最後才看到她的貼心問候，儘管吝嗇，但好歹燃起他心中一點兒溫暖之火。

他提筆開始寫回信，但寫到半途，又停下筆，拆開了關隴送來的信。關隴的急信，他越讀面色越沉。然那封信還未讀完，烏鴉忽然「呱呱」急促地叫喚起來，他轉頭一看，見黑暗中有個人朝他走來。

宗亭眸光驟斂，卻仍穩穩坐著。

那人走到他案前，連招呼也不打就坐下來。

來人不將自己當客，竟是逕自拿過案上茶壺倒了一盞水來喝。咕咚咕咚將水飲盡，總算潤了喉嚨，這人才抬起頭來看向宗亭。「沒想到阿兄殘疾之後，竟是連宅子裡的風吹草動也無法把握了，守衛如此敷衍，執事更是沒腦子，居然能讓我就這麼翻進來。」

講完，他又拿過案上的粿子盒，逕自打開吃了起來。「我睡了一覺，想必阿兄的信也該看完了——」他說著垂眸一瞥。「怎麼樣？是不是想立刻奔去將他們收拾乾淨？」

「你話太多了。」宗亭手下按著關隴寄來的急信，雖還差最後兩句未讀，但關隴目前的局勢他已基本明瞭。他看向條案對面的姨表弟武園，也不阻止他吃雜粿子，只說：「吃完出去。」

「我要到哪裡去？」這姨表弟不過十八、九歲年紀，已長得高高大大，長腿盤著坐在地上，邊吃邊含糊說道：「都閉坊了，老天不仁，外邊又不景氣，進了關中我便沒吃飽過。」

他很快將雜粿子橫掃了個乾淨，舔舔手指道：「我是為正經事來的，你可不能趕我走。」緊接著又連灌幾口水，擺了滿足的姿態說：「舅舅讓我告訴你，同吳王這樁婚事，弄得關隴很不開心。先前都傳你被吳王迷得神魂顛倒，如今你為救她落得個殘疾下場，便更是證實了這傳聞。所以又說你既然能為保全她的性命不顧生死，那將來豈不是要將關隴拱手相讓？」

武園一口氣說完，肅正表情道：「關隴最不喜歡的就是天家的女人掌權，這個你肯定有數的。」

宗亭不動聲色。

武園見他無動於衷，遂激他道：「舅舅說你腿壞了，腦子也跟著壞，我起初還不信，眼下看你好像還真是有些毛病的。關隴的局勢比你收到的那信裡說的要嚴峻得多，舅舅如今年紀大，身體也不行了，底下人心難管，裡邊出這麼大亂子，估計也鎮不住場子，等到那時候，關隴就壓根沒阿兄你什麼事了！」

武園說著站起來，音調陡高：「宗家已經不要你了，倘關隴也棄了你，你便什麼用處也沒有了啊！」

他大口呼吸了幾下，冬末春初的空氣裡混著乾燥的灰塵，似乎連肺都不乾淨了。

春天就要到了，然天地乾涸無法喚醒新生，八百里秦川悄然入了夜，卻很少有人能夠安眠。

雨，一滴不下。

東宮齋戒了數日，但長安仍沒有雨。李乘風以此來證明久旱並不是東宮之錯，先前在朝堂上對她的那場攻擊眼看就要不了了之，然山東齊州都督府的巨大虧空與龍首原上那座新宮城的爛帳，卻慢慢浮出水面。

李淳一在忙著賑災的同時，也在暗查齊州府的帳目細節。明帳上看著越是無懈可擊，實際上卻可能越假。

她幾乎確定齊州府有兩套帳，一套偽造手實（註6）、州縣計帳，糊弄中央朝廷，以此少上交稅額，保留地方更大的財權；另一套則暗藏著山東齊州府所有的隱戶，及這些年與中央暗中往來的貪腐帳目。

蒙受大災後，州縣需徹底重做手實。

所謂手實，便是讓民戶自報人口田畝，以此按丁口徵稅，在非災荒年間，因人口流動少，往往只是州縣自行修正上報；然逢大災，人口銳減又多有流動，便不得不重新來。

李淳一與顏伯辛安插了人手，藉編手實一事，暗中調查隱戶，由此來揭開齊州府真實帳目的一角。

剪開了口子，便好撕開覆在上面的層層假面。

她在書信中向宗亭陳明了部分策略，宗亭在回信中亦表達支持，然而這封回信未寫完，他就被關隴的事情打斷了。

回信被擱置下來，武園賴著不肯走。深更半夜，宗亭卻被緊急召進了宮。

註6　唐朝制度，是一個家族登記成員人數與土地的戶籍申報單。

女皇收到關隴大亂的線報，頓時急火攻心，頭風瞬時又發作。等到宗亭進來時，疾風迅雨雖過去了，但額角餘痛仍折磨得她難安。內侍將宗亭推進去便自行告退，殿中沒有風，火光卻跳得厲害。

「這又是怎麼一回事？」女皇壓著聲問他。

宗亭回道：「臣不知陛下所指為何。」

「去讓關隴安分下來。」女皇直擊要點，並下了死令。「倘若不能，你就從這個位置解職吧。」

宮燈閃爍下，女皇眸中透出往常難見的焦慮——

天災人禍不斷，身為帝國的最高掌權者，年邁的她已經力不從心了。

身為要臣的宗亭，同樣不輕鬆。關隴這次作亂，雖然實質上仍是內部權力鬥爭，但導火線是他與李淳一的婚事。藉此，關隴內部派系可大作文章，甚至奪走掌控權。

何況這次關隴之亂，牽扯到西戎勢力。內亂則引外患，西疆已是危機重重，一觸即發。天災與朝堂人事總是息息相關，如今關中大旱，可以說是政教不明、陰陽不調，宰輔屬陰，為消災而解職，是古來之常事。

將他從宰輔的位置踢下去，只給他留個王夫的身分，完全行得通。

外面這時竟然起了風，沒有閉好的窗子發出一些聲響，風從罅隙鑽進來，燭火更是狂魔亂舞了起來。

宗亭眸光黯然，疲憊的臉上不動聲色，最後也只應了一句：「臣知道了。」

他全沒有以前的囂張，彷彿羽翼盡被折斷，此時想飛也無法飛起來。這時有內侍進殿，靜悄悄地推他出了門。

下長階，穿過被風盤繞的寬闊御道，木輪與冷硬地面滾撞，「卡答卡答」的響聲在這空寂的宮城裡格外清晰。

中書門下內省，此時仍亮著燈，帝國中樞還在忙碌，有一人從門下內省走出來，正是賀蘭欽。

他走到宗亭面前，那內侍便避到一旁，容他二人說話。

而這內侍，正是那時在宮中遞給李淳一「忍」字字條的人。

賀蘭欽在輪椅前站定。「關隴在這個節點上亂了，還打算繼續動山東嗎？」

宗亭眸光瞬變。本來約定好了待山東的事情查清楚，便來個一鍋端，但現在這個局面，如果輕舉妄動，萬一被反咬一口，後果將不堪設想。

他靜靜按著袖中那封意氣風發的回信，頭也不抬與賀蘭欽道：「請賀蘭君替我捎一句話給幼如，請她務必沉住氣，不要亂來。」

講完，不待那內侍幫忙，他便自行推著輪椅繞過賀蘭欽往前去了。

出了朱雀門，去往隴右的車駕已停在了天門街上。高大的武園跳下車來，二話不說輕鬆將宗亭背起，對殘疾的他道：「阿兄聽話，不要亂動，這也是舅舅的意思。」

說著又跳下車，將木輪椅也塞進去。

第十章

長安的夜色渾濁無光，連一向熱鬧的平康坊都沉寂了下去。而山東齊州府不得安寧，因堤壩未及修理，河道水位不斷升高，隨著春日雨季迫近，水患也洶湧地來了。

天地之間，潮氣重得令人窒息。

公房內地板涼意侵人，墊毯都沒有一處乾燥。顏伯辛又從青州來借糧藥，在公房內一坐就是很久，弄得元信很不耐煩，最後再次甩袖走人。

元信走後，顏伯辛也起身，悄悄留了一本簿子給李淳一，便逕自走出去。

簿子上依次錄了各縣鄉的隱戶情況，同時元家養著的私兵同樣也露出一角，而僅僅是這一角，就已經看得令人心驚。

隱瞞實戶，豢養私兵，甚至在長安築建新宮城這件事上動歪腦筋——

築建所用木材石料的採買，透過太子及太女的關係，進行了大量的虛報，其中獲利，幾乎都被挪以養私兵所用。

無視朝廷均田令，縱容大戶兼併土地，使貧者無田畝，造就了大量的職業兵。山東這地方是泥潭，也是虎穴，如此下去，百姓不得安寧。

證據一點一滴累積，李淳一心中一口氣也已經鼓足，但她給宗亭的信，始終沒有回音。

這日風雨停了，幾個僕從在廊廡下埋頭清掃。李淳一走出都督府，踏著積水走出庭院。都督府地勢高，幾乎不受水患影響，然多數田地因這無情水流，成了汪洋一片。

疫情還未結束，無人收殮的屍骨泡在水裡，田埂也沒於水下，廣袤的土地無法迎來作物的新生。

田地裡的水怎麼也排不掉，幾名里行正愁眉不展地站在汪洋中央，用彼此才聽得懂的鄉音議論今年的生計，咳聲嘆氣之際看到了李淳一。

李淳一的袍子溼到膝蓋，這時謝翛終於找到她，高舉著手裡的信，蹚水朝她走來。「殿下，長安來信了。」

李淳一霍地挑眉，心中似乎燃起一線希望。謝翛走到她面前，多日愁眉不展的臉上也露出一些興奮。他知李淳一為這封回信等了許久，彷彿有了這封回信，之前所有的努力，終於可以發揮作用。

而心中鬱結著的一口氣，也總算要吐出來了。

李淳一打開那回信，所見卻是賀蘭欽字跡，上面只有一個字——「忍」。

謝翛將信遞過去便一直留意著李淳一的臉。

她面色忽地一沉，彷彿被迎頭澆了一盆冷水，腳下寒意也是陣陣往上竄。水渾濁不堪，剛剛結束冬眠的水蛇游竄其中，李淳一霍地皺眉，反應極迅敏地俯身將手探入水裡，死死掐住那條咬她的水蛇。

血混進濁水中看不出來，她將那條蛇拎出水面，遞給謝翛，只說「熬鍋蛇湯分了」便轉身繼續往前走，將溼答答的信揣進袖裡。天地之間的陰霾越發沉重，行走其中，身邊毫無信心的嘆息聲像潮水般地湧過來。

灰暗的絕望籠罩了整個齊州府，早春驚雷陣陣，冰雹攜雨而至，剛剛清理好的地板重歸狼藉。李淳一回到都督府時，庶僕們正對著一塌糊塗的地板愁眉苦臉，因擔心被執事責罵，又紛紛拎了水洗地板。

廊廡下再次忙碌起來，一庶僕正要將抹布放進桶裡，那桶乾淨的水卻霍地被人拎起。他一抬頭，只見李淳一俯身捲起褲腿，提了那木桶就澆下去。腳上汙泥被沖了個乾淨，水從廊廡地板上暢快地淌下去，一叢酢漿草快被雨水泡爛了。

她光腳進了屋，換上乾淨袍子，一聲不吭坐著。

侍女站在一旁不知如何是好。執事在外道：「都督請吳王過去一趟。」

李淳一這時並沒有見元信的打算，遂抬頭對那侍女道：「去回絕他。」

那侍女也算聰明，走出門與執事道：「殿下在田間傷了腿，這會兒剛回來，恐怕不方便。」

天家玉體金貴，執事得了這個理由便不好再催促強求，回道：「知道了，請吳王好好歇著。」

李淳一從匣子裡取出藥盒，低頭捲起褲腿，用銀刀剮去腐肉與沙泥，又將藥膏抹上，末了一裹紗布，再俐落繫緊，抬頭時，侍女剛折回屋內。

侍女甚至不敢抬頭看她，待謝翛到了，這才驟鬆一口氣。

謝翛端了碗蛇肉湯進來，先試過後，這才遞到李淳一的條案上。

條案上壓著的是各種新舊帳與證據，旁邊則是尚未寫完的奏抄。以特使身分上奏，將山東的種種遮覆撕去，剮去這塊爛瘡，讓血肉重新流淌生長，這是她到山東來的目的之一。然而如今卻連賀蘭欽都叫她不要輕舉妄動，讓她嚥下這口氣。

她雖還沒接到有關線報，但中央朝廷或關隴地區的局勢一定發生了變化，才可能教賀蘭欽也畏首畏尾起來。

關隴難道又亂了嗎？宗亭不給她回信，莫非是去了關隴？

在這些都明朗之前，妄動山東確實危險。然而，沒有比這更好的機會接近山東核心，倘若就此略過，將來不知又要等到何時。

李淳一閉上眼，腦海裡盡是齊州疫災及遍地水患。鄉民們絕望的嘆息聲，孩童眼裡不知所措的茫然，沉甸甸的雨雲……鋪天蓋地地向她襲來。

空氣裡翻浮著蛇肉湯的味道，李淳一因幼年陰影已許久沒碰過肉了，這氣味一竄進鼻腔，她就一陣反胃；然她只遲疑了片刻，就低頭將碗裡的蛇肉一塊塊夾出來，吃得只剩骨頭，最後甚至端起碗，將雪白湯汁全部飲盡。

她的吃法野蠻而果斷，甚至透著惡狠狠的意味。她將空碗放在案上，抬頭同謝翛道：「去將顏伯辛喊來，讓他去見元都督。」

說罷，她霍地起身，竟是一副恢復元氣的模樣。

謝翛略驚，但還是低頭應聲，趕忙去外面找顏伯辛。

元信剛得了李淳一不肯來的回覆，沒想這才過兩盞茶的工夫，她倒主動上了門。

她進得公房，元信抬頭看她道：「聽說妳在田間傷了腿？」

「被水蛇咬了一口，確實嚇了一跳。」她道：「不過已處理妥當，應是沒事了。」

「這種天，外面處處是危險，少出去得好。」元信說著合上面前條案。「可有收穫？」

李淳一輕蹙了蹙眉，這時外面響起腳步聲，隨即傳來庶僕的通報聲：「都督，顏刺史到了。」

元信一挑眉，李淳一道：「是我讓他來的。」待顏伯辛進來站定後，她又接著道：「眼下要解決的從頭一是水患，二是疫情。疏渠通水一事上，我倒是有些經驗，但糧藥缺乏始終是問題。百姓的困難應在首位，由我出面去問兗州府借糧藥，報災抄也會趕緊遞上去。」

她竟是鬆口了？

元信倏地坐正，眸光裡閃過疑惑。她出去見識了一番水患之嚴重，回來竟如此主動地要出面借糧，甚至要將壓了這麼久的奏抄遞上去？

這不同尋常裡似乎藏了一絲陰謀的味道。然元信自始至終，卻只從她那陰沉面色中捕捉到她對災情的真切擔憂，再沒有其他雜念與小動作。

一旁的顏伯辛聽著，初覺疑惑，此時卻恍然。李淳一這是以退為進！他忙道：「吳王能這樣想是好事，召臣過來是有什麼吩咐嗎？」

「你隨我一道去借糧。」李淳一開門見山。

眾所周知，兗州都督是顏伯辛的親舅舅，有了這一層關係，借糧似乎會容易些。李淳一帶顏伯辛一道去，於情於理都沒什麼說不通的。

然而顏伯辛不答，面上微微露出難色。李淳一問他道：「請問顏刺史是不情願嗎？」

顏伯辛仍不說話。

「他是怕欠他舅舅人情。」元信瞥向他。「有什麼好怕的，又不是不還了，之前為了百姓安危可是什麼都做得出來，此時因為怕擔人情倒是不想去了？」

顏伯辛遲疑一會兒道：「兗州府亦受波及，此時也為水災備糧，恐怕不好借。」他眉頭越皺越深，但又忽地鬆開。「但為齊州府百姓，下官只能一試。」

「就這樣定了，事不宜遲，連夜走。」李淳一乾脆俐落敲定此事，也不再多言就出了門。

外面驟雨初歇，白光一閃而逝，很快又入暮。備好草料、乾糧，衛隊整裝待發，火把在都督府外亮起，替黝黑的夜晚添了團團亮光。李淳一翻身上馬，並行的則是顏伯辛，謝翛留在齊州，並沒有同他們一起走。

馬隊冒夜色踏積水而行，一路往西。

兗州都督府治所兗州，在齊州府西面，平日裡只須一個晝夜便能到，而今途中泥濘多有耽誤，便不得不慢下來。

兗州府下轄七州，都督即是顏伯辛的舅舅崔明藹。

崔明藹同時還任著治所兗州的刺史，但都督府與州廨卻分署辦公，兩邊僚佐及官員也互不統屬，因此平日裡，崔明藹需兩邊奔走照顧，並不常住某個衙署。

這日傍晚時分，李淳一一行人抵達兗州，天還下著濛濛細雨。

都督府的大旗在門前獵獵作響，顏伯辛翻身下馬，便有人上前接過他的蓑衣，似乎熟稔得很。他與那人簡短交談幾句，那人便轉身先往裡去。

這時顏伯辛才轉頭看向馬背上的李淳一。「吳王請。」

李淳一下馬走來，摘下斗笠露出清瘦白淨的面容。那眸光裡藏著堅定，並不能看透。

廊下算不上乾燥，也擋不了風雨，庶僕將頭頂燈點起來，潮溼的門檻上便多了一團暈黃。

「舅舅近來身體抱恙，因此都歇在都督府，清淨些。」顏伯辛接過庶僕遞來的一把大傘，撐起來舉過頭頂，另一隻手示意李淳一往裡走。

他主動替李淳一撐了傘，便是向都督府的人表明了立場。

顏家、崔家身為清貴門閥，對關隴出身的天家人好感都吝嗇得可憐，李淳一這樣庶出之輩更是入不了他們的法眼；然眼下顏伯辛表達了敬重，底下人便不敢造次，崔明藹也會對李淳一另眼相看。

跨過層層門檻，穿過細雨如霧的庭院，周身黏膩膩的，心裡始終無法暢快。顏伯辛在亮著燈的屋舍前停下步子，抬手敲了敲門。

門緩緩從裡打開，他給了李淳一短促的眼色，示意她別急著進。

他朗聲道：「舅舅，是我。」

「重光吶？」崔明藹聞得聲音睜開眼，卻仍臥在軟榻上。「有什麼事嗎？」

「有要客到了。」顏伯辛如是介紹，並道：「舅舅不出來迎嗎？」

崔明藹不知這小子在與他玩什麼把戲，但方才執事也與他說了，來者是個氣場不凡的年輕女人，稍稍一想也知道，所謂要客就是到山東來巡撫賑災的李淳一。

崔明藹上回見李淳一還是很多年前，那時她還是個沉默寡言的孩子，沒想到這麼快就長大成人了，且能得到顏家這小子如此鄭重對待，實在令人好奇。崔明藹側臥在榻上，撥動手裡的檀木串珠，在和緩沉穩的熏香氣味中思索片刻，最終起了身。

他是個不太高的小老頭，儘管在病中，卻仍透著精明。他走到門口，站在他們二人面前，手裡握著串珠，悄無聲息地撥動，眸光迅疾地打量對方一番，心裡早有了揣測。

「老臣病體未癒，有失遠迎。」他如此對李淳一打了招呼，又貼心說道：「還未吃飯吧？不論有多要緊的事，飯總還是要吃的。」

話音剛落，一執事就很有默契地從邊上走出來，到李淳一身邊道：「吳王請。」

李淳一十分識趣，她明白崔明藹是想支開她後同顏伯辛說話，便只客套應了一聲：「謝崔都督。」

她隨即與顏伯辛交換了眼色，將說服崔明藹的重任交給他。

崔明藹見她隨執事離開，瞥向顏伯辛，一臉的不悅。「你這是借糧借到老夫頭上來了。兗州的糧自己吃尚不夠，如何能再分給齊州府？何況元家那邊，借過去還能收回來嗎？也不動動腦子。」

「舅舅，兗州的糧至少能吃到今夏，齊州卻是連接下來半個月都無法熬過去了。」

「熬不過？」崔明藹眼中迸出一縷銳光，反問中帶了一聲諷笑。「熬不過還會如此坐得住？只不過死的都是平民百姓不要緊，左右榨也榨不出油星了。大戶個個活得極好，私兵恐怕也不愁餓死。反正齊州府毀了，他挪個地方仍能不傷元氣地活，百姓死活算個屁。」

他的鬢邊一縷銀髮被燈籠光照得反光，又隨晚風拂動，他莫名顯出怒氣來。

那手裡的珠串轉得更急了，似在努力平息心中突然被勾起來的不快。

顏伯辛道：「他不顧平民死活，舅舅難道就能乾看著齊州百姓苦苦掙扎？」

「我只做分內的事。」崔明藹出手點點齊州府方向。「那邊對我而言已是越界的事，管也管不著。」

「齊兗毗鄰，休戚與共。齊州災民流竄，也必影響兗州，倘若見死不救，只怕兗州也要遭殃。」

顏伯辛說的是實情，崔明藹心裡也十分明白，但他又不甘心拿著兗州的糧去填隔壁那無底洞。要知道，元信可是連國庫都會黑下心算計的人，面對賑濟災糧，還不是一口就吞沒了？畢竟兗州糧皆是百姓辛苦耕種得來，也不是天上平空掉下的。

顏伯辛又道：「我知舅舅為何擔心，不過這次賑濟災糧如何使用，皆有吳王與我盯著，舅舅還怕用不到正途上嗎？」

崔明藹挑了一下眼角，手上的珠子又轉得慢下來。「你信李淳一？」

他之前已聽到一些關於顏伯辛與李淳一的風聲，此時這風聲似乎也快被證實了。

「你這是要與太女對著幹啊，想好了？」他問。

選擇與李淳一站隊，勢必就要走到李乘風的對立面。顏家之前誰也不理，這下子看來是無法置身事外了，和元家的爭奪，也是不可避免的了。

顏伯辛卻回道：「與其說是選了吳王，不如說是選了百姓。」夜色裡，甥舅二人之間的交流漸漸坦誠起來。「太女雖魄力有餘，但好勝不仁，心中欠體恤。最後不論誰入主太極殿，這個人總歸不能是她。元家亦是如此，囂張跋扈數十年，已是一顆毒瘤，再不剮，旁邊的肉也要跟著爛掉。」

「你這是要反啊！」崔明藹的顧慮畢竟多。「要能剮早剮了。陛下忍到現在都沒有動，如今憑一個勢頭欠缺的么女，還想翻出大浪來？未免太天真！」

「不見得。」顏伯辛面上是一貫沉穩。「不仁到了這個地步，天也要亡他，再沒有比這個更好的機會了。一旦鐵證都擺上案，又有足夠兵力箝制住他，不讓他被逼急而謀反，那就等於穩扎一刀，很難翻身了。」

他頓了頓。「現在不敢輕易動他，只是怕他反罷了。」

崔明藹已完全明瞭，兔崽子表面上是為糧藥而來，實則是打著兗州府的兵的心思。

「你傻嗎？」崔明藹睜眸看他。「放眼山東，誰能與元家兵抗衡？憑你們，還是算了。」

他說著要攆顏伯辛去吃飯，顏伯辛卻抓住他小臂，壓低聲音道：「硬碰硬是不行，但若巧用呢？」

「暗中算計不磊落！放開！」

崔明藹皺眉要他鬆手，然顏伯辛低頭與其極低聲地說了一陣子，講完這才倏地鬆手，往後退了半步，負手看向神色裡已有動搖的崔明藹。

「我今日，不用舅舅立刻遣兵，但要舅舅一個立場。」

崔明藹臉上皺紋更深，心裡似乎在進行著某種爭鬥。

這時一庶僕匆忙跑了來，遞了一只細小的信筒給崔明藹。

崔明藹回過神，捏著那信筒抽出字條，展開瞇眼一閱，迅速握起。

「關隴完蛋了，宗亭也完了。」

顏伯辛聞言挑眉，崔明藹轉身將那字條扔進室內的火盆裡，又走出來往東邊去，邊走邊與顏伯辛道：「這次內亂，桓家連大權都扔出去了，可見也是不要宗亭了。」

「桓家放權了？」

桓家掌權關隴邊軍多年，底下動亂與爭奪時有發生，但桓家這些年哪怕人都快死光了，也沒有輕易被其他人得手過。

如今關隴名義上的掌權人是宗亭的舅舅，即桓繡繡之弟桓濤。但桓濤晚年得子，身體又不好。他撐不住，孩子尚年幼，本來都要仰靠宗亭，可宗亭卻殘疾了。

殘疾的宗亭已趕到了關隴。

抵甘州時，城內的情形便能嗅出緊張的味道來。關隴內部與西戎勢力勾結，逼著桓濤交出大權，此時桓濤父子二人皆不知生死。

與宗亭一起的武園得了這消息，一路上便不得安分，簡直恨不得飛回去將他們都撂倒。

從甘州繼續往西，是關隴核心所在，也越發逼近荒漠之地。這裡南有西戎，北有北狄，局勢素來複雜，也是東西商路來往之要隘，地位重要性不言而喻。

車行至此地已不太方便，武園一路罵罵咧咧。入夜時，宗亭收了從西邊傳來的急信，一聲不吭換了身衣裳，逕自就下了車，將外邊的武園嚇了一跳。

在武園驚駭的眼神中，宗亭翻身上馬，穩穩坐好，握住韁繩。

「你、你不是殘疾了嗎？啊——」武園使勁揉了揉眼，驚訝嚷道：「你這——」

「縫好你的碎嘴。」

宗亭投以淡漠一瞥，緊接著將一只金箔面具移上臉，一夾馬肚，那馬便在夜色中飛奔起來；而在上空與之同行的，則是一隻通體漆黑的烏鴉。

西北夜晚隨日墜而涼，沙在風中浮沉，馬蹄聲越發急促。低沉的呱聲響在夜色裡，烏鴉的漆黑羽翼與天幕融為一色。牠一改往日的委屈陰鬱，竟顯出矯健颯爽的姿態，於風中馳翔時，與對方戴著的金箔面具一樣引人注目。

宗亭騎得飛快，武園在後邊死命追，卻始終無法追上。

魁梧少年的內心是粗糙的，一時間他並不能想明白宗亭為何要裝殘疾。但不論如何，他心中到底高興，畢竟他從小仰慕姨表兄，聽說表兄殘疾，他甚至一度要死要活，這下見表兄又恢復了往日風采，自己也不由得振奮起來。

肅州在望，然城門緊閉，可見城內局勢之緊張。

二人在城外某邸店停下，一隻白鴿逆著昏昧晨光飛進邸店，落在窗口咕咕低喚。武園從榻上跳起來，抓了那鴿子解下信箋就繞至屏風後找宗亭，只見宗亭已換了一身道袍，儼然一副出塵模樣。

武園愣了愣，將信箋遞過去，咕噥道：「莫非要裝成道士入城去？我才不要！」

他話才剛說完，宗亭就頭也不抬回道：「你換了也不像，老實待在這。」

宗亭說話間讀完了信箋上的內容，武園忙問：「是不是有了舅舅的下落？」

桓濤父子在肅州被反軍挾持，被逼無奈交出兵權後，至今生死未卜。而這封信箋卻是從肅州城中遞出來，只粗略講目前城內局勢，但對於恆濤父子的安危，隻字未提。

關隴軍屯駐西北，常年對抗野心勃勃的西戎人與北狄人。此次是關隴內部先出了爭鬥，隨後西戎犯境，由南向北攻擊沙、瓜二州。玉門關告急，桓濤不得不遣兵支援，就在肅州陷入守外虛內之境時，反軍頭目于恪設計擒獲桓濤，並以其年幼小兒相威脅，逼著桓濤交出了軍政大權。

而于恪等人似乎與西戎達成了某種默契。

他控制肅州後，西戎的攻勢明顯減弱，且兵力西移。然西戎雖退出了玉門關，卻仍然盤踞在沙州。而于恪為維持局勢，並沒有追擊西戎將其徹底趕出沙州，反倒是將支援兵力調回來。

如今肅州及整個關隴軍都在于恪的統領之下，全城戒嚴，進行內部整肅，而對桓濤父子的情況則做到了最為嚴格的保密，甚至連遞出這封信的人也不清楚他們二人現狀。

武園見宗亭不答，著急得要命。「于恪那老不死的，真想現在衝進城裡宰了他！」他憤憤說完又轉向宗亭追問：「這信是誰遞來的？咱們的內應是誰？有沒有辦法弄死那個姓于的？」

他一貫的沉不住氣，甚至有些天真——憑他們二人單槍匹馬，哪怕城中有內應，也並不能扭轉這局面。

宗亭道：「于恪在我出現之前，不會殺舅舅與阿璃。」

他似乎非常了解于恪為人，十分篤定地補充道：「單單讓舅舅束手就擒，他的目的還未達到。只有弄死我，他這位置才坐得踏實。舅舅與阿璃都是極好的人質，他怎麼捨得輕易殺了？」

武園抓抓頭皮，似乎覺得有些道理，卻皺眉道：「就算你講得對，那現在怎麼辦？」他說著又拍拍胸脯。「我殺人反正是很在行的。」

「莽夫之勇。」宗亭道：「你就在這待著收信，盯著城內的風吹草動。若于恪突然變卦，你到時候再衝進去同他魚死網破，好歹爭一口氣。」

他分明是將武園晾下了，自己收拾包袱、戴上帷帽即要出門。武園手握劍鞘一橫，擋住宗亭問：「阿兄是要拋下我嗎？你要到哪裡去？」

這傢伙實在太煩，宗亭忍下打他的衝動，簡促回道：「玉門關。」

「那地方正與西戎打仗，亂得要命，你去那做什麼！」

「白痴！」宗亭忍無可忍，巧妙地將他撂倒，只留了一句「好好待著」便揚長而去。

升起的太陽照拂著沉睡了一夜的肅州城，晨風裡的料峭寒意漸漸弱了，肅州城門也已經打開。

門禁森嚴，來往旅客皆要接受盤查，裝成道士的宗亭也不例外。士兵問了他的去向，他講往西求仙，又叫他打開包袱翻查一番，見除衣袍、經書外並無其他可疑物品，加上後面有人催促，便放他前行。

從肅州一路向西經過瓜州，就到了盤踞著西戎兵的沙洲，沙洲西北便是玉門關，通過玉門關就到了安西都護府。

就在宗亭往瓜州去的路上，安西都護府大都護喬雍收到了早前宗亭發來的急信。那封信發於途中，請喬雍出兵以驅西戎鐵蹄，十分有先見之明。

隴右出事，喬雍隔岸觀火到現在，一直拿不定主意。這是關隴內部的權力更迭，他橫插一腳，若處理不當，到頭來可能落得裡外不是人；然而現在宗亭是請他驅逐外族，這便不能算是他插手關隴內部爭鬥，反而是為國土周全，乃大義之舉。

何況他幾年前欠過宗亭人情，此次恰好能夠還清。

喬雍從西州調兵，一邊往東圍攻沙州，另一邊則往南敲打西戎邊境，迫使盤踞在沙州的西戎兵分心。

這時宗亭也終於抵達玉門關。

駐守瓜州的舊部將領還在昏沉睡夢中，宗亭就已經坐到他榻前。那小將甫一睜眼，驚覺手腳無法動彈，只見暗光中坐了個人，正面無表情地看著自己。

他猛地又是一驚，依稀辨出宗亭的臉來。他是剛升任的將領，從前級別不夠，只見過宗亭一、兩次，還未同對方講過話。這時他彷彿見了鬼似地結結巴巴開口：「你、宗相公為何、為何在這？」

宗亭眸中無波無浪，冷淡的聲音裡卻透著巨大的壓迫感：「我為什麼會在這？我若再不來，是不是連瓜州也要拱手讓給西戎？」

「不不不！」那小將費力地坐起來。

大概是中了迷藥的緣故，他腦子還不夠清楚，遂語無倫次回道：「屬下也想好好守住，但這都是被逼的啊！姓于的一心想要這邊亂起來，跟西戎那小王恐怕早有預謀。他彷彿是鐵了心地要將沙州讓出去，甚至連打西戎的援軍也被撤走了，弄得我們這裡勢單力薄，想將沙州奪回來也是心有餘而力不足啊，所以就只能睜一隻眼、閉一隻眼，實在不是屬下的過錯，還請相公明察啊。」

他對于恪勾結西戎人的內幕十分清楚，慌亂之中處處不忘為自己開脫，甚至急忙撇清與于恪的關係。

宗亭全然不顧他這辯解，冷眸一瞥。「瓜州現在有多少兵？」

那小將被他這眸光嚇了一跳，只好實話實說：「八千。」

宗亭沉默不言，似在琢磨要事。那小將正打算趁機開溜，宗亭卻忽然起身拽過他。那小將高亢地驚叫一聲，大喊饒命之際，外面卻衝進來兩個士卒，其中一個拿了案上抹布就往他嘴裡用力塞，另一個校尉模樣的則對宗亭一躬身道：「相公還有何吩咐？」

那校尉與宗亭似乎之前就熟悉了，明顯是宗亭從前安排的耳目，且對宗亭十分忠心，只等著他發號施令。

宗亭逕自下了那小將的符，緊接著大力一拽，將他拖下床榻。

他同時對那校尉吩咐：「令所有人集合。」

那二人領命一躬身，趕緊退出去。

西北的天亮得比關中總要晚一些，這時辰不早了，天色卻還是黑的。風冷沙大，數千名瓜州兵披著夜色至城樓前集合，黑壓壓一大片，有人甚至還打著哈欠。

因不知到底發生何事，諸人內心多有忐忑，等了好久，只見有個人緩慢登上城樓，著一身玄色道袍迎風而立，面上戴著的一只金箔面具，在火光映照下閃動。

眾人都屏息不言，幾個副尉、校尉似乎都已經猜到來者是誰，便更不敢妄動。

就在這時，兩士卒挾著那小將上了城樓。那小將睜開眼，見到底下的無數火光與兵士，頓時大氣也不敢出，又因不知宗亭會如何處理他，心中驚駭到了極點。

底下人心混亂，各懷鬼胎，儘管站得齊整，卻是一盤散沙，毫無章法。

這幾年關隴軍欠整治，由此可見一斑。

軍中甚至出了于恪等敗類，竟是為了一己私欲不顧國土與百姓安危，挑事之餘，竟甘願將國土拱手送出，愚蠢可惡至極！

天邊即將亮起來，底下人陸續認出那被押解至城樓的將領，駭然一片。

就在這時，城樓上亦動作起來。一士卒抱了一捆繩子走到城樓上，將那粗糙結實的繩子牢牢往城樓上一繫，另一頭則打了個扣，剛好留了個頭的大小。

被捆小將嚇得瞪大眼，偏頭看向宗亭求饒，然他看到的只有那不近人情的金箔面具。

宗亭只做了個手勢，一士卒按下那小將的頭，另一個則將繩扣往小將腦袋上一套，扣住脖子隨後將其推下城樓。

底下人群中驟響起抽氣聲。

沒容那小將掙扎幾下，越發稀薄的空氣就要了他的命，那屍體在風中晃蕩。

宗亭握著那符，擲地有聲地開口：「犯我大周國土者，罪無可赦。」

玉門關才剛剛迎來略帶寒意的黎明。往東，是仍然焦渴的關中平原，太陽早早露了全臉，還未入夏便顯出了燥熱；再往東，則是雷雨才結束的山東，白光慘淡地覆下來，災棚外排起了長隊。

大鍋內的粥才沸了一回，糧食的香氣便迫不及待溢出來，人群開始按捺不住。另一口大鍋裡藥氣翻動，也有人等著領防疫湯藥。衛兵們維持著秩序，雖然人多，卻有一切都可控的安心感。

李淳一及顏伯辛順利從兗州府借來了賑濟的糧藥，每日簽發、核帳實，每一粒粟、每一兩藥，使用都必須事先安排並有掌發者的簽印，嚴格保證了災糧用到實處；與此同時，通渠分流排水等工事也毫不懈怠，畢竟多拖一日，便有可能耽誤一季的播種與收成。

山東的賑撫工作逐漸步入正軌，儘管放眼望去，天地之間蕭條感依舊，但最開始那灰濛濛的絕望感，都隨著雷雨遠去了。

都督府內，庶僕一大早便又開始清理溼答答的廊廡地板，齊州錄事參軍拿著次日的賑濟安排從李淳一公房內出來，迎面就碰上了前來覆命的青州刺史顏伯辛。

他雖然只簡單道了一聲「顏刺史辛苦」，卻不落痕跡地與顏伯辛交換了眼色，並在擦肩而過之際，迅疾地塞了張字條給顏伯辛。

錄事參軍漸漸走遠了，顏伯辛行至李淳一公房前，待衛兵前去通報完畢，這才低頭脫掉鞋履入內。

公房內有防疫的熏藥氣味，李淳一坐正了身體，將案上條陳簡略收拾一番，抬頭時，顏伯辛已走到面前。

「坐。」她逕直開口，並問：「青州近況如何？」

她好些日子沒睡整覺，周身透著疲倦，腦子卻仍十分好使。顏伯辛瞥一眼她案角擺著的幻方盒子，裡面排得十分齊整，可見她的思路分毫沒受影響。

顏伯辛將青州情況仔細說完，緊接著又道：「倘若順利，殿下恐怕下個月該回京覆命了吧？」

此時公房內有元信的一個秉筆書吏在，許多話不好明說。顏伯辛此言是在暗示李淳一，時間緊迫，有些事倘若打定主意做，就得盡快去做，不能再拖了。

李淳一回了一聲「是」，但旋即換了話題道：「顏刺史連夜趕來，用過飯了嗎？」

「還沒有。」

「一道去吃吧。」李淳一說著起身，又對那秉筆書吏道：「你也不必在這裡待著了。」

她說完往外走，顏伯辛就跟在她身側，聲音低得幾乎難辨：「錄事參軍是我們的人了。」

李淳一迅速垂眸，又若無其事地繼續前行，聲音也是低得幾乎聽不見：「還有呢？」

「幾名鎮將。」

他說到這裡，恰逢執事迎面走來，便沒有詳細說下去。

二人進了公廚，謝翛也恰好在用飯。謝翛見李淳一到了，剛要起身，李淳一卻示意他不要起來，逕自走過去在對面坐下。

謝翛扭頭對杵在堂中的小僕道：「端兩碗魚湯來。」說罷又同李、顏二人道：「早上捕了些魚，燉出來滋味十分鮮美，殿下及刺史可嘗一嘗。」

顏伯辛陡蹙眉，疑惑道：「殿下不是不吃葷嗎？」

他早前就知道李淳一的飲食禁忌，然謝翛聞之一愣。「殿下不吃葷嗎？那上次的蛇肉——」

她沒有與謝翛明著解釋，只說：「我如今不再是出家人，便沒什麼好忌諱的了。」然實際上，她重新開始吃肉，是在與從前的恐懼做對抗。

以前她害怕李乘風的掌控與捉弄，被困其中不敢掙脫，但現在她必須努力從中跳出來，且敢於與之對峙。

她必須有足夠強大的決心，才有可能對付元信、李乘風，才有可能剮去這塊爛瘡。

魚湯端上案，顏伯辛留意了她的神色變化。她的吃法透著堅決，那是下定決心要克服某物時，才會有的艱難。

老實說他們的計畫雖簡單，卻算得上鋌而走險。

對於元信副手這些頭等重要的人物，他們並沒有妄圖策反，而是抓住重要守軍將領、糧草軍械的副將等次要人物進行重點收買。顏伯辛與這些人多有交集，甚至與他們一同共事過，如此一來，收買並不是登天的難事。

加上齊州東是顏伯辛轄下的青州，南是崔明藹的兗州，屆時兩邊若同時圍困，便形成夾攻之勢，對元信是極大的威脅。

此事進行得十分隱蔽，只等著一個機會給元信下絆子。東風一來，困住元信，奏抄立刻就會呈於朝會之上。不論女皇及太女願不願意聽，不論太女及山東黨願不願意承認，這塊爛瘡都會暴露在關中烈日之下。

到那時，元信的庇護便會盡失，元家亦會遭受重創。

顏伯辛心中想著這計畫，將面前魚湯飲盡，只聽得李淳一壓低了聲音道：「皇夫最近有動作，你得到消息了嗎？」

皇夫與元家是休戚與共的，他近來大約是察覺到山東的異常，暗地裡進行著一些調查與干擾。他雖然身體抱恙，但畢竟當年也是呼風喚雨的人物，不會輕易容許元家出事，自然也會成為此路上最大的一塊絆腳石。

李淳一提醒顏伯辛警惕皇夫的勢力，是十分慎重的。她面上自始至終沒有一縷輕鬆神色，因她不僅要籌謀此事，還忍不住擔心遠在關隴的宗亭。

關隴的消息她太後知後覺了，西邊局勢如迷霧，宗亭單槍匹馬，同樣是安危難測。

宗亭控制了玉門關守軍之際，喬雍的安西都護府駐軍從沙州西境撕破了口子，氣勢洶洶地殺進來。西戎鐵蹄轉而迎戰西州軍，卻沒料東北方向的玉門關守軍也殺了過來。

西戎軍頓時陷入被夾攻之境，卻仍然負隅頑抗。就在這時，喬雍的西州軍也開始了對西戎邊境的敲打，西戎軍家門口失火，又處於被合圍之劣勢，只好落荒而逃。

沙州一役，有喬雍幫忙，極大地鼓舞了士氣。趁這口氣還旺著，宗亭甚至沒來得及與喬雍道謝，便率一眾精兵東行。

喬雍也忠義，因擔心玉門關守軍空虛，仍留部分西州軍鎮守，以防西戎乘虛摘果子。

沒有了後顧之憂，宗亭的東行之路也更順利。錚錚鐵蹄連夜趕路，兵臨肅州城下時，簡直殺了于恪一個措手不及。

于恪等了宗亭許久，萬萬沒料到他會先解決西戎再折回來，且還順利策反了玉門關守軍。

作為關隴軍的老人，于恪對宗亭並不十分熟悉。宗亭雖然年輕，但他那時到關隴來沒多久便養就了變化莫測的脾氣——小小年紀做事就深不可測，且比誰都下得了狠手。如果他沒有著急回長安任職，而是接任關隴到現在，恐怕也沒有于恪什麼事了。

于恪這時靜坐在密室裡，聽外面的副將報道：「宗亭只帶了一千騎兵。」

「開始攻城了嗎？」于恪閉著眼問。

「還沒有。」

難道在等後援？于恪又問：「後邊還有兵嗎？」

「沒有。」

于恪沉吟不言了。那副將道：「恐怕也是強弩之末，可要安排箭兵到位？」

于恪不答，卻低聲問身邊一個小兵：「桓濤如何了？」

「仍不吃不喝，幾乎是死了。」那小兵回得很肯定。

于恪霍地起身。「將人潑醒，拖到城樓上去。」他走兩步又道：「將那小娃也帶上。」言罷，他終於出了那密室，守在外邊許久的副將鬆了一口氣。

于恪同他道：「照你說的，安排好神箭手。」

他說著就往城樓上去，而此時一隻漆黑的烏鴉正從肅州城樓上飛躍而下，恰好落在宗亭肩頭，低頭將尖喙中咬著的一枝細竹管給他。

城樓上頓時火光閃爍，進入了隨時戰鬥的警備狀態。

那副將上了城樓，遙遙朝城樓下看去，抿脣不言。

此時被關押在密室多日的桓濤及其小兒阿璃，終於被幾個士兵拖上城樓，桓濤已是奄奄一息，阿璃則不知所措地在旁邊哭。

幾個士兵揮開阿璃，架起桓濤將他往前移，並將火把舉起來，對下面喊：「往後撤，不然將他扔下去！」

這時宗亭旁邊一個副將高聲回道：「讓于恪那老不死的出來！有種別做縮頭烏龜！拿老幼當人質算個什麼好漢！」

然任憑他怎樣喊，于恪都遲遲不現身。

桓濤這時費力撐開了眼皮。

這一切紛雜如蚊蚋聲入耳，令人頭疼欲裂。他視線模糊，依稀辨出了宗亭的金箔面具，耳邊又響起小兒的哭聲，於是他回頭看一眼阿璃，又將所有希望都遙遙囑託給馬背上的宗亭，也不知哪裡來的氣力，他忽然就掙開兩邊的人，從城樓上跳下去。

驚叫聲隨即傳來，坐在底下的于恪眼皮一跳，聞得外面士兵稟道：「姓桓的跳下去了！」

于恪被這一激，竟是登上城樓，一把將阿璃抱起來。

阿璃被父親這縱身一躍嚇得還未回過神，卻又被于恪猛地抱起，緊接著看到了城樓底下的點點火光，也看到了戴著金箔面具的宗亭，最後看到了父親血肉模糊的屍體，頓時號啕大哭起來。

烏鴉叫聲淒厲響起，宗亭面具後的怒氣一觸即發。城樓上的神箭手已悉數就位，于恪下令放箭，然卻一點兒動靜也無。

于恪抱著阿璃，轉頭看向不遠處那副將，咆哮道：「令他們放箭！」然那副將一動也不動。

于恪驚覺遭遇背叛，往後一步趕忙喚親兵隊長，兩隊交鋒頓時混戰廝殺起來。

這時候于恪仍緊抱住阿璃，以其為人質往後撤。阿璃踢他咬他，卻壓根不能掙開分毫。

那哭聲淒厲起來，這時忽有一隻烏鴉飛上來，狠狠朝于恪後頸啄下去，于恪雙手一顫，阿璃便跌倒在地。

就在此時，忽有一壯漢拎了只桶衝上來，將滿桶的油朝于恪潑去，並將他死死按在城牆上。壯漢失心瘋似地咆哮道：「姓于的你還我舅舅！」他力氣大到簡直要將于恪骨頭捏碎。

一支火箭自城下穩穩飛竄而來，直扎入于恪後背，火舌遇油霍地竄起，于恪整個人便燒了起來！

宗亭收弓偏頭，面無表情對身邊的大嗓門副將道：「喊那個白痴鬆手，讓他保護好阿璃。」隨後一夾馬肚，速朝舅舅的屍體奔去。

從高處墜下，幾無生還可能。桓濤在生死一事上似乎早就做了抉擇，因絕食而枯瘦的身體面目模糊地橫在冷硬地面上，火光照耀下，死氣沉沉。在騎兵踏進城門之前，宗亭撈起舅舅的屍體，免他再受屈辱。

城門乍然大開，裡面拚殺聲不絕於耳，關隴內部隱匿未發的矛盾，此時如火山噴薄之勢，徹底爆發開來。精銳騎兵隨宗亭衝入城內，城樓頂上的于恪則徹底燃成了火團。

叛軍少了頭領，仍混戰不休，夜晚的肅州城樓，驟然驚醒。

武園被灼傷了手，乍回過神鬆開手後，只見于恪那火團發了瘋似地朝阿璃撲過去。他猛衝上前，將地上的阿璃抱起來，于恪撲了個空，忽癱倒在地，一番痛苦掙扎後，很快就不再動了。

火舌在夜風裡翻飛躍動，阿璃驚得眼淚也沒了，只有一雙被熱火灼得發紅的眸子，暴露出他內心的恐懼與無助。武園一手抱著他，另一隻手拾起地上的大刀，轉身就朝衝過來砍殺他們二人的士兵揮過去。

血珠子飛濺到阿璃臉上，武園一邊抱著他繼續與叛軍廝殺，一邊安慰他道：「阿璃別怕，阿兄罩著你！」

底下戰場的形勢逐漸分明，叛軍落於下風，幾個將領不顧士兵從北門逃走，武園衝下去時，宗亭正率一隊騎兵折向西北方追捕叛將。

桓濤的屍體陳於東南一隅的石臺上，一隻漆黑的烏鴉蹲在一旁警敏地盯著，動也不動。

宗亭將舅舅與弟弟都交給了武園，自己率軍飛奔出了城。武園於嘈雜混亂的形勢中看他絕塵而去的背影，最後斂神朝那石臺大步走去。

馬蹄聲震耳欲聾，越往西北越是廣袤荒漠，億萬星辰觀望塵世紛爭，卻不動聲色。乾燥又涼的夜晚，灰塵繞著火焰舞動，追擊隊伍忽然兵分兩路，宗亭的副將不斷回頭催促身後騎兵，眸光緊盯已經逃至前方谷地的叛軍將領。

這追逐似無休止，然就在叛將們快要出谷之際，忽有鐵蹄聲震碎了前方的平靜，近百騎兵如夜鷹從天降般壓了過來，黑沉沉的一片。駿馬長嘶，百弓齊張，圍成網般將叛將的去路都阻斷。

宗亭這時終於將他們的臉都看清，副將隔著老遠大喊問：「相公可要留活口嗎？」

此時那幾人早成了眾矢之的，已有人下馬跪下來求饒。

那人道：「某一時糊塗，錯信了于恪，還請相公饒某一命！某將來一定為相公鞍前馬後，赴湯蹈火！」

「西戎進犯沙州時，你是第一個棄城帶兵逃的。」面具後的宗亭聲音寡冷。「這樣的人，怎麼有臉繼續活下去？」

那人臉一陣青黑，這時他旁邊又有人撲通跪下。「于恪拿家中老幼的安危逼迫某等，某等實在、實在是無可奈何。」

「無可奈何就要做這樣的事？舅舅平日裡的寬厚仁義看來都餵了狗。」他語氣越冷靜，在這火光躍動的夜裡就越可怖。那面具仍掛在臉上，金光閃爍，袍子鼓起來，裡面蓄滿了風。

「還是覺得我殘疾了管不到關隴，就敢胡作非為了？」關隴內部的迫害與爭鬥，數十年來從未止歇，多少人因此無辜死去，百姓又遭了多少罪，這些他都記得很清楚。

關隴該平息了，帝國需要萬眾一心的邊軍，現在需要，將來也需要。

那幾人都不敢再出聲，天地間靜得出奇，甚至可聞得風聲。

宗亭聲音裡透著死水般的平靜：「我饒了你們，慘死在西戎鐵蹄下的沙州百姓卻不會饒了你們，舅舅九泉之下也不會放過你們，你們還是去死好了。」
他說完忽然扔掉手裡的火把，對面的副將得令，所有人的弓悉數張滿，霎時間百箭朝下齊發，沾染了夜晚涼燥氣的冰冷箭頭遇血肉而燙，卻又瞬間冷了下去。
宗亭面上閃過一絲厭惡，他掉轉馬頭，眾人亦跟著轉向，雜沓的馬蹄聲又響了起來，只寥寥幾人留下來收拾殘局。
宗亭踏著夜色飛奔回肅州城內時，局勢已到了收尾階段。這一番權力變動彷彿幻夢一場，自然地結束，甚至沒有驚動到沉睡的百姓。
宗亭翻身下馬，一個孩子朝他飛奔而來。
渾身是血的阿璃緊緊抱住他的腿，因過度的驚慌與悲傷，幼童抓著他的力氣大得驚人，彷彿想要藉此掙脫這惡夢。
他略微俯身，阿璃便往上抓他的玄色道袍，面上的血淚、鼻涕全擦了上去。
「阿兄。」小孩子的聲音裡藏著無可依傍的害怕，同時又有抓住救命稻草的迫切。「長安阿兄。」
宗亭本要將他抱起來，卻只卸下了冰冷的假面。「我在。」

這時候的齊州府，則終於迎來了久違的朝霞。

風不再潮溼，天際的太陽也沒有了陰霾遮蔽，災棚裡即將開始新一天的糧藥發放。堤口工事仍然繼續，勞工們領了早餐開始一天的忙碌，水司官員查看完進度，趕往都督府稟報。

然都督府此時卻騰不出空來理會這些進展，因齊州府底下的十來個鎮將一大早都到了。

這些人會集一堂，議的正是民與軍的資源爭奪問題。齊州府遭此大災，人口銳減，正是需要勞力的時候，然官健卻只領餉不事生產，對眼下的齊州府而言，其負擔無疑很重。

擺在面前兩條路，一是削減兵員，二是將官健轉為府兵，令其從事農桑生產，但都不是易事。因這兩條路動作都太大，觸及的利益過多，容易起紛爭動亂，各個鎮將們心中也都各有盤算。

一眾人從卯時議到將近中午，外面的水司官員等得早已不耐煩，扭頭碰上迎面走來的州錄事參軍，便問：「可知這會要議到什麼時候？倘還要等，我便先回去了。」

錄事參軍搖搖頭，站到一旁微笑道：「某也不知，倘某能進去，便替你問問。」

那水司官員點點頭，又見一庶僕端著漆盤從廊廡西邊走過來。漆盤上擺了一碗藥，可見是到了元信服藥的時辰。他近來總有些頭痛，都督府醫博士便替他開了藥，每日定時要服兩次，從不耽誤。

庶僕走過去，卻被衛兵攔下。「都督在裡邊議事，閒雜人等不得入內，藥放下就趕快走。」

「這可是每日都需按時服的藥啊！」那庶僕面對冷漠衛兵忍不住強調，卻換來兩道令人發怵的目光。

庶僕嚇得趕緊將藥碗放下，這時候錄事參軍走了過去，端起那漆盤道：「我有要事稟告給都督，順將藥送進去，麻煩通報一下。」

這兩個衛兵本是不耐煩的，但面對錄事參軍，卻莫名給了好臉色，竟當真替他去通報了。

元信正好有些頭痛，便令錄事參軍進去。錄事參軍將藥碗放下，打算開始稟他的要緊事，元信卻一擺手阻止他。「等會兒再說。」同時又將藥碗推過去。「你來得正好，喝兩口。」

他在飲食上倒是謹慎，連用藥也得人先嘗過才行。錄事參軍沒多言，端起那藥碗就飲了兩口，隨後就開始說自己的要緊事，無非是正倉糧的問題云云。

待他說完，元信端起藥碗飲盡，忽對座下鎮將道：「聽到沒有？齊州府正倉都快空了，你們同我哭窮又有何用？」

言罷，他轉頭睨一眼錄事參軍。「你先出去吧。」

「喏。」

待錄事參軍離開，議事公房內又開始了新一輪的針鋒相對。

過了一會兒，元信又說：「朝廷一貫小氣，能撥到這裡的糧，哪一口不是費力爭來的？這次的報災摺子又被吳王壓了多少天，你們也不知道。」

他敲敲條案。「都當這位置好坐是嗎？好坐給你們坐！」

他頭越發昏，言聲裡已透出拋卻理智的不耐煩來。

這時座下一點兒動靜也無，然屏風後驟響起臥櫃被打開的聲音。

隨後傳來一個女聲——

「元都督是病糊塗了，既然自己都開口說了，那就將這位置讓出來吧。」

眾人訝然扭頭看去，只見李淳一繞過屏風走出來。

她不該出現在這！然她負手而立，一身王袍毫不凌亂，眼眸中無半點懼意，方才說的話也沒有任何玩笑味道。

元信對她偷聽一事很是火大，他正要站起來，卻雙腿乏力一屁股又坐了回去。這時李淳一長嘆一口氣，座下忽有兩個鎮將霍地起身衝向元信，口中喚的儘管是「都督怎麼了」般的關切，然實際是死死按住元信，將他牢牢箝制住。

底下未被策反的鎮將瞬時反應過來，然這反應已經遲了，隨著公房內摔碗的聲音響起，外面瞬間起了打鬥，且屋內又有兩個鎮將站出來表明立場；同時，又有持械衛兵破門闖入。

從服色盔甲來看，這些衛兵正是謝翛手下那一撥人。

釘死窗戶的聲音驟然傳來，握有重兵的鎮將們已失去了主動權，元信亦是如此。他方才服的藥，一時間將他力氣都抽離，平日裡的威風凜凜，此時悉數消失殆盡。

李淳一走到他面前，面色沉靜道：「既然病了，就好好養著，不要再出門了。」

她看向走進來的謝翛。「元都督染了疫病，不便見人，可是聽明白了嗎？」

謝翛連忙應道：「喏，臣必定照顧好元都督。」隨後回頭示意身後兩個兵，那兩人即刻上前，將昏昏欲倒的元信架起來，扛著送往臥房。

元信「被染疫病」，屋內近十個鎮將不服，倘若不是有士兵強行攔著，恐怕就要上前與李淳一打起來。

其中一人更是扭頭指責「被策反」的某鎮將。「老常，你竟做出這等事來，真是輕信了你！」

常鎮將面對指責，默不作聲，臉上也未現愧赧之色。

這時李淳一對外吩咐：「拿進來。」話音剛落，便有士兵抱著一疊簿子進來，每人面前依次放了一本。

李淳一也不說話，只由得他們去看面前的簿子。一時間，整個議事公房內都安靜下來，那些鎮將面色瞬間就變了。因簿子上所寫，正是他們各自轄區的兵帳。

兵員有多少隱瞞，長官有多少貪墨，從這簿上的陳述來看，竟是一副瞭如指掌的樣子！

這時外面突然傳來稟告聲——

「殿下，找到了！」

音落，便有兩只大箱被搬進來，穩穩當當放在元信剛才坐過的地方。

李淳一走過去，將那箱子打開，隨手翻出一冊簿子來，這才開口與那些臉色變了幾變的鎮將道：「這裡僅是部分實帳，若將齊州府再深入地搜一搜，挖出一整套帳目來恐也不難。朝廷想藉此機會徹查山東貪腐，都督都在被查之列，諸位更是不能例外。這些簿子上所錄是不是事實，你們一定比誰都要清楚。倘若配合調查，最多不過革職；但——諸位如果領兵鬧事，則是以叛亂罪論，兗州府即會出兵平亂，到那時會落個什麼樣的下場，便不好說了。」

她將利害關係陳畢，將前路鋪明，說得心平氣和卻又暗藏壓迫感，聽得鎮將們一陣心驚。

鎮將的長官是都督，但哪怕都督再怎麼手段滔天地縱容他們，他們說到底還是為朝廷做事。倘若當真如李淳一所說，是朝廷鐵了心要追究，那麼在元信處於劣勢的情況下，他們再不識相便是找死了。

但這到底是李淳一的意思，還是朝廷的意思，還是教人懷疑。底下一番鬼心思翻湧，李淳一斷不會留他們聚在一起籌謀對策，而是遣人將他們分開關押留看。

都督府裡這回出了大動靜，外邊人卻只知道元信染了疫病，醫博士進進出出，整個都督府都瀰漫著藥味。染病是最說不清楚的，都知道疫病起得急，且發展起來十分難控，如果命不好，就此死了也不稀奇。

元信命懸一線，隨時都可能摔得粉碎。

至於那些鎮將，部分回了駐地，大多數則被困於都督府中，遞不出消息，也找不到人商量。

與此同時，李淳一的奏抄與整箱帳冊也將抵達長安。

關中仍滴雨不落，長安城甚至無力迎接將要到來的夏天。

廊廡下許久沒灑水了，燥得落灰，至德觀的女冠子司文此時悄無聲息進了寮房，寮房內僅有一案一榻，案後則坐著賀蘭欽。

司文對賀蘭欽略躬身。「賀蘭先生——」說著將送到至德觀的急信遞過去。「殿下繞了個彎子，做得這般謹慎，恐怕是十分要緊的事。」

賀蘭欽接過信，打開封泥迅速掃完，面上流露出意料之中的神情。

司文抬眸斗膽問：「可是殿下在山東那裡有所動作了？」

賀蘭欽將信紙投入炭盆，脣角緩緩彎起。先斬後奏，魄力與膽量的確已經足夠了，至於能借到顏、崔兩家的勢力，則是運氣所促。

司文了然道：「看來，果真與先生猜的無差，殿下這次竟沒有再『忍』。」

本以為關隴不太平，不好妄動山東，卻沒承想單槍匹馬的李淳一，拉著崔、顏兩家弄出這麼大動靜來。

賀蘭欽這邊為李淳一的動作感到振奮，關隴得到消息則又是另外一番反應。

武園擅作主張拆了信，讀完了，才拿著那信氣勢洶洶奔去找宗亭。

宗亭正處理公務，武園「啪」地將信往條案上一拍，咄咄罵道：「虧得你對她那樣死心塌地，她在山東跟顏家那個小子糾纏不清，現在大約是勾搭上了，竟然騙得人家倒戈一起整元家，真是好手段！啊，這個借勢的惡女人！當初願意同你成婚，大約也是打關隴的主意，哪裡有半點真心？阿兄可不要再給她騙了！」

武園將李淳一講得十分不堪，旁邊小案後低頭寫字的阿璃困惑地抬起頭。宗亭將那封信掃完，頭也不抬地對武園下了逐客令：「閉嘴滾出去。」

武園跳起來。「啊，你竟要我滾。那你倒是說說看將來要怎麼辦。顏家那個嫡子，自然不肯屈居人下的，難道將來吳王府裡還封兩個王夫不成？再說了，我們與山東素來就不和，管他是姓元的得勢，還是姓顏、姓崔的得勢，反正都無法與我們成為盟友，就這樣你還想將來與他一個屋簷下過活？」

他講話竟也是擺出了條理來，緊接著又說：「何況現在關隴這個樣子，你總不能一走了之。你總說我是莽夫心粗，那我是沒法挑這個擔子了。阿璃這麼小，也是不行。這些你都要想清楚，不能再整日不聲不響耗在這裡。」

宗亭置若罔聞，任憑武園叫囂，也只是捧起案上蓋了印的奏抄，將其捲起來封好。

關隴內亂初平，于恪燒枯的屍體還被懸在城樓上震懾眾人，將士們仍心有餘悸，後續瑣務堆積成山。這種關鍵時刻，他的確無法走開，因此哪怕心中存了種種擔憂，也只能收起來。

他本心裡自然不希望李淳一同顏伯辛走得太近，但從局勢上考量，顏家的確是撕破山東面具的一道口子。李淳一能孤身做成此事，如山鷹展翅，好像真的能從山崖瀟灑地一躍而下，又能振翅飛上山巔。

他安靜地握著奏抄，瞥了一眼角落裡的阿璃，心中便有了決斷。

青鳥

第十一章

李淳一往上呈遞的奏抄與證據，次日直接擺到了太極殿上，掀起一陣軒然大波。

先是由一位監察御史從新宮城那筆爛帳說起，一步步扯到採買過程中齊州府的貪墨挪用，之後順理成章將帳冊一一呈上，暴露在不停晃動的宮燭之下。

這事籌謀得相當隱蔽，連李乘風事先都未能得到一點兒風聲。

那陳於殿上的滿箱帳冊，正是鐵證！而元信怎可能將這些拱手交出？

就在眾人都疑慮之際，賀蘭欽故意開口問那監察御史：「這些帳冊，請問沈監察是如何得來的？」

監察御史不卑不亢回道：「元都督身染疫病，然齊州府事務繁忙不得耽擱，便交由吳王殿下打理。吳王發覺都督府帳務混亂，用度十分不明朗，便令巡道監察御史檢覈清楚，遂查出了此事。」

他緊接著鏗鏘有力地說道：「諸多細節，吳王殿下在摺中均已奏明。此事關乎一地百姓之生計，關乎國財用度——還請陛下務必追究到底。」

那奏抄由內侍送到女皇手裡，女皇還未打開，外面卻忽然響起一聲驚雷。

眾人蒙了一下，久旱的長安城，一時之間竟然蓄積起滿滿潮氣。外邊瞬間黑了下來，而宮燭則顯得越發明亮。又是一陣響雷，轟隆隆地席滾而來，最後像是要拍到窗戶上。

殿內無人敢說話，諸人均屏息等著這場雷雨的到來。

女皇看著那緊閉的殿門，忽道：「去，將殿門打開。」

內侍趕緊領命執行，好幾個宮人一起將那門推開。就在推開的一霎，一道閃電驟然撲下，隨即是比方才還要響的雷聲，似乎震得地都在動。

潮氣洶湧入殿，風將紗幔都撩起，外面的鈴鐸聲也虛虛晃晃飄進來，「叮——叮——」作響。

李乘風皺起眉，眸光仍如鷹隼。她在一片沉寂中追問那監察御史：「且不說這些是否是捏造得來，元都督當真是得了疫病嗎？」

監察御史很篤定地回道：「回殿下，是。」

李乘風眸光瞬斂。「眼下狀況如何？」

監察御史道：「這個臣就不知了。臣從齊州府走時，未能見到元都督，因是疫病，只有醫博士可出入護理。」

他們在為此事糾纏不清之際，女皇已看完了摺子，屋外的雷聲也更沉悶起來，像是最終爆發前的痛苦低吟。

「傳朕的旨，讓吳王押解元信回京。」她說著，同時將目光投向李乘風。「太女不便干預此事，還是不要管了。」

李乘風被她這麼一噎，並不肯善罷甘休。她眼中火光漸漸蓄積起來，同時想到了深宮之中的她的父親。皇夫不可能對此事置之不理，她也未必會輸給李淳一。

女皇又是一連串的遺令安排，無非是叫人下去徹查齊州府的情況，彷彿是鐵了心地要動元家了。

就在一眾人各自領命之際，傾盆大雨就這麼落下來。

潮氣洶湧地散進殿內，廊廡旁水幕如紗。旱了這樣久，老天終於肯慷慨傾倒雨水，將偌大的關中平原澆了個透。

早不下，晚不下，恰好是女皇打算清算元家的時候下。這時司天臺監驚喜地往前幾步，撲通跪下來道：「陛下——天降甘霖，正是我大周修政之回報啊。」

關中這一場甘霖，慷慨得反常。焦渴的土地貪婪地吮吸雨水，排水溝裡水聲潺潺，枯敗的綠葉也一點點醞釀復甦。

無數百姓衝出門淋了個溼透，雖然形容狼狽，心中卻是失而復得的喜悅。皇城各衙署內，大小官員擠在廊廡下感受鋪天蓋地的潮氣。

宗正寺卿默不作聲地臨窗吃粿子，對面的太常寺卿道：「這雨聲竟是比太常寺所有的樂聲都還美妙哪。」

受到大雨安撫的內心，似乎少了些焦灼不安，然而宗正寺卿心裡分明不太爽快。

太常寺卿飲了一口新釀的酒，乜著眼問：「你可是擔心吳王回來，宗正寺又要忙了？」

「可不是嘛。」宗正寺卿撇撇嘴。「真是會鬧騰啊，去趟山東又扯上個姓顏的。等她回來，吳王府定又是一番動靜，鬼知道宗家那小子會翻出什麼大浪來？那時候一場婚事就將我們幾個忙壞了，這要是再折騰，哎——」

他不繼續往下說，只逕自飲了一口酒。

「我看你是一廂情願，顏家早年不也拒過天家的婚事？骨子裡的挑剔是不會變的，哪裡真看得上吳王？這事你還真不必太擔心。倒是太女那裡……」

他遞了個眼神給宗正寺卿，也不再往下明說了。

宗正寺卿當然明白，萬一元信出事，東宮的王夫位置自然也有一番大變動，這變動比起吳王後宅的事要麻煩得多。

搞不好，整個東宮都要天翻地覆。

加上近來皇夫身體告危，他老人家萬一這時候「一走了之」，緊跟著就是國喪，那宗正寺的事情可真要成堆了。

宗正寺卿悶悶不樂地飲酒，屋外的雨絲毫沒有要停下來的意思。

這場大雨從白日落到深夜，又延續到次日清晨，將關中澆了個透才暫時歇下。之後又是幾場暴雨，天也就跟著熱起來，農事隨之漸漸恢復，平康坊的歌舞重歸熱鬧，曲江池、芙蓉園遊人更是陡增。

錯過了一季春光的長安人，努力在夏日到來前彌補缺憾，竟顯出幾分逍遙來。

山東那裡，哪怕雨季過去，水也漸漸消退，百姓面上也沒有絲毫的輕鬆。災後重建困難重重，喪親傷痛也難以消弭，要走的路既長又難。

好在朝廷仁慈，蠲免賦稅，災民們便不必再背上稅役，至少今年還有喘氣的餘地。都督府更是出乎州府百姓的預料，不僅給醫藥、給糧種，連耕牛及農具也等分給戶了，在民舍修築一事上，更是提供了極大的支持。

賑撫重建工作有條不紊地進行著，所有決策，李淳一也並沒有瞞著元信。她很多事都與他說，但就是不讓他出門。元信煩躁至極，無奈藥物幾乎廢了他，他甚至沒力氣揍倒李淳一。

這天謝翛忽然帶兵衝進屋內，將元信塞進車駕，隨後一鎖，要將他送到京城去。元信癱在車廂內，隔著簾子咆哮質問：「你們反了天了！這是要做什麼！」

李淳一與顏伯辛交接妥當，恰從門內走出來。她聞得元信大喊大叫，走過去撩起簾子，站直了回道：「本王奉陛下旨意將都督押送回長安，都督有什麼不滿，請到長安再說。」言罷放下簾子，往後退了兩步，朝前面車駕走去。

顏伯辛此時已在那邊候著，在李淳一上車之前，他瞥了眼元信的車駕，壓低了聲問她：「吳王上奏時稱元信染疫，然事實並非如此。這樣將他送去京城，豈不是自露破綻嗎？欺君之罪，可是不好擔的。」

李淳一看了他一眼。

顏伯辛竟從中捕捉到一縷殺氣。

於是他順水推舟，往前半步，貼近李淳一的耳朵道：「疫病本就難癒，死了也無法追究，且也有理由毀屍滅跡。」

這話相當狠毒了，不顧律法的私下了斷，有手刃惡敵的快感，但顯然，李淳一並沒有做過這樣的事。

她眸光似乎閃爍了一下，只回應說：「知道了。」

她言罷上車，顏伯辛抬頭看她。「殿下請多保重。」隨後往後退一步，地上的塵便隨著車駕的奔行騰了起來。

車駕行出了寬闊大道，往西奔向關中。

離長安越近，謝翛也越焦慮。他與顏伯辛有一樣的擔憂，總覺得不能讓元信活著回到長安，但李淳一太沉得住氣，誰也摸不準她到底打算何時下手。

這一日，元信剛被灌完藥，隊伍停下來歇息。謝翛趁著用飯的時辰勸說李淳一：「元信當初在馬球場上設計殿下與宗相公，令殿下吃了那樣大的苦頭，且讓宗相公從此殘疾，僅這私仇都夠了，又何況他還欺瞞朝廷，對山東百姓那般不仁——」他緊接著又道：「殿下若怕髒了手，臣來解決。」

外面天色將暮，李淳一不答，只讓他安排大家在驛站住下。

謝翛無奈皺眉，只好起身去忙。

這時忽有急信傳來，李淳一藉著案上燭火展信閱讀，眼中閃過驚色。信是顏伯辛寄來的，他在信中坦誠，在她離開之際，就已經以她名印寫了奏抄上陳，眼下那奏抄應當已到了女皇手中。

最後他附上奏摺抄本，李淳一閱畢，眸光驟斂。那奏抄上竟然是說元信在途中死了，且因防疫需要，屍體不能留存，因此已經火化。

他這是怕她狠不下心來才逼著她做！簡直是無法無天！

這樣只弄死元信又有何用？因疫病亡，很可能這條線就斷了，元信身後的線怎麼揪出來？該懲罰的仍得不到懲罰，如此做事，真是糊塗。

李淳一緊鎖眉頭，心中急盤算對策之際，驛站內忽傳來驚呼聲。

一小兵驚慌失措地跑來，青白著臉對李淳一稟道：「殿下！看守被打死了，元都督也不見了！」

這時謝脩剛好走來，聞言一驚，又問了一遍，知道事情麻煩了。他問李淳一：「萬一他先我們一步去了長安怎麼辦？」

「不會。」李淳一心驚，意卻不亂。「這次的案子他無法辯白，因此長安對他而言是虎穴，去了是找死。」

謝脩隱約覺得有道理，卻又問：「倘他寧願玉碎也要將殿下扯進去呢？」

「那就只好走一步算一步了。」李淳一神情凝重，一點兒笑意也無。

元信現在基本是個廢人，因藥物的作用，身體短時間內幾乎沒有恢復的可能。他這次是被人劫走的，至於是被誰劫走則不得而知。李淳一心中隱約揣測是太女或皇夫的人，如果當真是他們，他們的下一步棋又會是什麼呢？

謝脩帶著人將周圍搜了一圈，因沒有發現半點蛛絲馬跡，回來時難免有些沮喪懊惱。李淳一卻不計較，只吩咐他去尋一罈骨灰來。

天還沒亮，車隊便帶著那一罈災民的骨灰重新踏上了回程。

抵達長安時，承天門上的開坊鼓聲才剛剛響起。朝會還沒開始，但一眾朝官已踏著昏暗的晨光往宮城趕了。

因昨晚下過一場大雨，初夏早上竟然有點涼溼溼的，馬蹄踏在巷道上，也沒有塵土飛揚。
李淳一在朝會開始時趕到了承天門。她下馬，手裡捧著的是一罈灰。身上王袍帶了一些風塵僕僕的氣息，面色也是過勞的憔悴，只有象徵身分的金魚袋（註7）光彩依舊地伴著她進了太極殿外的廊廡。
在進殿之前，她藉宗亭的情報網得到了她想知道的訊息，甚至與賀蘭欽倉促地見了一面，這才敢捧著骨灰罈進宮。
內侍尖細的聲音響起來，是宣李淳一入殿。
在一眾朝臣的注視下，李淳一捧著那罈子跨進太極殿，逕自走到最前面，放下骨灰罈，跪下與女皇行了大禮，沉定開口：「兒臣回來覆命請罪了。」
眾人目光霎時從她轉向她側方的那只罈子，僅有女皇還盯著她。「妳的摺子朕看到了。」
李淳一低著頭回道：「疑犯亡於途，是兒臣辦事不力，請陛下責罰。」
「染了疫病也沒辦法。」女皇言語裡竟平添了幾分難得的體諒，可見她似乎樂得見元信就此死了。
她瞥向那罈子。「妳好歹將他帶了回來，就只罰妳減食封吧。」

註7　一種官員配飾，其制為：「三品以上，其飾金，五品以上，其飾銀。」

對李淳一這種清心寡欲的人而言，罰食封可算是最輕的處理了。一眾朝官儘管覺得元信之死有問題，但女皇都這樣說了，此事便基本有了定論——女皇罕見地偏向了吳王，此案幾乎沒有再翻的可能了。

同時，他們的目光也投向了李乘風。

李乘風隱匿不發，臉上卻無不透著咬牙切齒之感。

這時內侍宣了退朝，一眾朝臣跪安後便陸續退出了大殿。賀蘭欽臨走前回頭看了一眼，殿內只可見女皇、李乘風、李淳一，還有那骨灰罈子，連內侍都退避到一邊。

外面晴空萬里，殿內卻陰雲密布，彷彿有一場大雨要下。

殿門被關上的剎那，女皇對李乘風道：「元信不論如何都是妳的丈夫，王夫無法入元家祖陵，妳便將他安葬了吧。」說罷又看向跪在地上的李淳一。「幼如也起來，將骨灰交還給妳姊姊。」

「喏。」李淳一領命起身，小心翼翼地捧起那罈子走到李乘風面前，平視她的同時，雙手將罈子遞過去。「姊姊。」

一個耳光瞬間甩了過來。

李淳一卻穩穩抱著那只罈子不動。

李乘風眼中透著狠毒，竟是一把奪過那罈子，朝地上摔下去，不顧女皇在場，又狠狠給了李淳一一記耳光，聲音高亢：「別與我玩這套！」

罈子碎了，骨灰撒了一地。大殿中安靜得嚇人，李淳一卻是嗡嗡耳鳴不歇，緩都來不及緩，前襟就猛地被李乘風一把抓起，隨之而來的是李乘風近乎駭人的目光，似要戳到她五臟六腑裡。

舟車勞頓的李淳一沒有精力，也不好與她爭打，只能任憑她死死地揪住自己。

被緊勒的窒息感驟然襲來，李淳一面無波瀾地閉上眼，彷彿身處太極宮的泉池內，就像多年前一樣，李乘風揪住不懂水性的她，又忽然鬆開手，想要看她撲騰求饒，但她只是長長久久地沉下去，一聲也不吭。

此時局勢乍一看似乎與當年一樣，但就在李乘風要抬腳踹她時，女皇一聲「住手」的高喝，卻顯得情勢與以往很是不同。

李淳一被李乘風扔在地上。

女皇轉瞬即逝地皺了下眉，甚至別開頭，最後強抑下心中滿滿的煩躁和即將到來的頭痛，眸光倏地轉向李乘風，沉著聲道：「妳打她有用嗎？」

李乘風從暴怒中略略收斂，語聲卻仍然尖利，甚至因服用了丹藥的緣故有些失控：「陛下怎會派了她去？她一心念著挾私報復，又豈是當真為了賑災而去！元信到底為何而死？而這又究竟是不是元信骨灰——」

她目光從地上轉向女皇。「哪怕陛下不追查，兒臣也會查到底。」

女皇冷冷看著她，癱坐在地的李淳一抬起頭來。「請問姊姊，我為何挾私報復？我挾的什麼私，報的什麼仇？我與元都督之間，難道有私仇嗎？」

「馬球場上——」李乘風一時間脫口而出，李淳一仍低著頭，銳利鋒芒卻從眼眸中一閃而過。

女皇的目光瞬間更冷。

「姊姊的意思是——馬球場上那次事故並非意外，而是元都督設計為之？」這時比起李乘風，李淳一雖然疲憊，但冷靜到了極點，也清楚自己在說什麼、該說什麼。

「妳住口！全憑妳一人揣測，可見妳心中已是蓄謀良久，山東的事便更顯出妳的私欲來！」

李淳一偏不，她要說，且要冷冷靜靜地說。因李乘風的狀態之差簡直超乎她預計，且她基本可以確定李乘風對元信被劫走一事毫不知情，那麼，這會兒若再不把握，便不易有好時機了。

「龍首原宮城上的一本帳，尚書省那麼多人盯著，我一人造不了假。這帳為何會爛了，又爛在了哪裡，御史也都已經一一呈明。山東的問題是什麼，這件事到底是什麼模樣，姊姊心中應有明帳，又豈是我縱著私心就能假造出來的？」

她自然不懼查，也不懼李乘風的詭辯，因她同時篤信，女皇心中清楚這一切。

女皇哪怕不會明著完全倒向她，在這事上，也不至於幫著李乘風逼她。

就在李乘風要被她逼得再次失控之際，女皇突然開了口：「妳們都閉嘴。」

女皇的手按在面前的案上，乾皺的皮膚上青筋根根分明，看樣子她已經在拚力強抑無情襲來的疼痛。

殿外這時隱隱傳來了早夏的知了聲，似有那麼兩隻，此起彼伏地鳴叫，互不服輸，聽得人心煩意亂，也為這早夏平添了躁意。

殿內的呼吸聲變得緊張起來。女皇接著道：「爭成這樣成何體統？山東的事，朕自然會派人查到底！至於元信的死——」

她一頓，底下一陣屏息。「朕也必須得給東宮一個交代。查明之前，幼如就在府裡待著，哪裡也不許去。東宮將元信後事料理了，同時也要與元家處理好關係，不要在這個節骨眼上生亂子。」

她冷冷說完，也不待內侍前來攙扶，自己起身挺直了脊背便下階離開。走到西側紗幔後，內侍迎上來，她便吩咐：「將密旨交與賀蘭欽，令他即刻啟程去山東。」

「喏。」內侍領了命匆匆忙忙抬腳離開。

這時候女皇走到偏殿，剛要從後面回寢宮，卻又有一內侍急急忙忙跑來稟道：「陛下，主父告危了——」

那內侍正是皇夫宮裡的，此時只見他面色異常沉重，情況似不同於往常。女皇胸中一把急火尚未壓下去，這時等於又被潑了一盆油，燒得她臟腑都焦了。她皺皺眉，話也不說一句，扭頭便走。

內侍追上去，忽然撲通跪下。「陛下，請陛下去看一眼——」

女皇停住步子，卻握緊了拳，最終深吸一口氣往前走。走出門時，陽光照覆下來，蟬鳴還在你追我趕地糾纏著，她本已經改了心意要往西去，卻最終只頓了頓，往東邊自己的寢殿去了。

女皇做了這無情決斷的同時，殿內兩人的對峙也走到了尾聲。李淳一挨了兩個耳光的臉有些腫，但這並不影響她不卑不亢地起身離開。

天氣熱得過分，顏色也藍得虛假，澄明一片竟無分毫雜質。

風也是熱的，暑意在綠意漸深的枝葉裡醞釀，排水溝裡再次陷入了乾涸的境地，蟬鳴聲越發熱鬧起來。

女皇回到寢殿，頭痛發作，卻也不睡，只在御案前坐下，僵直地坐在那裡，似乎誰也喚不動她。

時辰牌換了一塊又一塊，內侍小心翼翼地上前換茶、換藥，可她一直枯坐著，紋絲不動。

至午後，李淳一也回到了久違的王府。

執事宋珍三步併作兩步走上前，還未待他詢問，李淳一便逕直回了屋，臉未洗，衣未換，累得直接倒在暴晒過的柔軟床褥上。

李乘風回到東宮，不動聲色地飲酒，詹事府的幾位輔臣挨個來了一遍，除了勸誡便無他言。李乘風煩不勝煩要將他們趕出去，內侍卻踏著未時略帶燥熱的風趕到了。

內侍跪在門外稟道：「主父病危，還請殿下即刻往立政殿去。」

李乘風卻頗為不耐煩地將酒盞扔出去。「一個月病危六回，尚藥局的人到底是如何做事的？總來報煩不煩！」

她似乎對皇夫在山東一事上的袖手旁觀頗有怨懟，這時候竟然也口不擇言起來。

詹事府幾個臣子驚愕地朝她看過去，曾詹事道：「殿下酒飲多了！」

酒盞扔出去，略有些顫抖的手收回來，她這才察覺到一些連自己都難控的可怕情緒。一直以來，她以為丹藥的效力盡在掌控之內，然今日她察覺到了強烈的異常。

李乘風緩慢抬起眼皮，又失力地垂下手，最終保持著一點兒體面坐回了軟墊上。

她並沒有去立政殿，亦沒有再飲酒。

再藍的天也會迎來暮色浸染的一刻，黃昏緩慢又奢靡地鋪開，晚風輕擊太極宮上的鈴鐸，聲聲清脆。

和煦的傍晚，長安城的尋常人家這時都趕在閉坊前回了屋，動作快些的，甚至已在小院裡搭起案來就著夜涼吃晚餐，家犬徘徊在案旁饜足一頓，之後或在深巷中晃蕩，或靜靜坐臥於門口看家護院。小兒在阿母懷裡甜膩昏睡，調皮的大孩子翻上屋頂叫囂著要去抓星星。主婦在月下搗衣，男人們從井裡撈出鎮好的涼瓜，切開來分給家人，一隻來得過早的螢火蟲就棲上了瓜瓤。

李淳一剛剛醒來，她坐在床沿朝窗戶瞥了一眼，看到宋珍的身影。

她走出門，宋珍道：「外面已被衛兵看死，殿下是被禁足了。」

李淳一平靜地聽著，但好像並不太在乎，只說：「知道了，送一點兒吃的來吧。」

宋珍趕忙去辦，將飯食送來時，天都黑透了。

李淳一好歹吃上晚餐，而宮裡這時連用飯的心情也沒有。皇夫病危的消息傳報了幾回，女皇都絲毫不動容，最後是紀御醫親自到了，事情才有一點兒轉機。

紀御醫說的是：「最後一面了，陛下當真不去看一眼嗎？臣以為，主父有些話似乎要與陛下說明。」

女皇閉眼沉默了很久，腦海裡卻全是另一個人。她揮去那些念頭，艱難地起身，不要人攙扶也不要御輦，逆著夜風獨自往立政殿去，身後跟了御醫、侍衛等一眾人，但都走得連聲音都沒有。

一眾人飢腸轆轆地等在立政殿外，沒有人敢喊餓。廊廡下的燈倒是燃得旺，也不見燈油燃盡的徵兆，可殿內紗幔後躺著的那個孤零零的男人，命途卻似乎真的要走到尾聲。

女皇在門口站了一站，眾人嘩啦啦跪成一片，燈將她衰老的臉照映出一大片陰影。

這時王府內的李淳一用完了飯，或許是因為久在災地，抑或只是太餓，她將面前飯食吃了個乾乾淨淨。

燈沒點，她坐在暗中，剛閉上眼要思索會兒，卻忽聞書櫃後的敲擊聲。她全身汗毛倒豎，聽清那敲擊節奏又瞬時鎮定下來，最後起身走到書櫃前，隔著數層板子問：「是老師嗎？」

「是。」

熟悉的聲音傳來，她打開暗門。這暗道通向至德觀，並在去年女皇壽辰前挖掘完畢，那時她曾藉助了女冠司文的幫助，因此賀蘭欽知道這暗道也並不稀奇。

但為何這時找來？

賀蘭欽身上雖帶了些暗道裡的潮氣，卻沒有窘迫與慌亂，待她掩上暗門後道：「我明早就得去山東，走之前，有一事必須得與妳說。」

李淳一抬眸。賀蘭欽不疾不徐道：「妳阿爺的事。」

李淳一最初認識賀蘭欽時，勢單力薄，無依無靠。而他彷彿無所不知、無所不能，於是他成了她堅實的後盾——這一切發生得自然又理所應當，但李淳一始終覺得與賀蘭欽的相遇不能算是碰巧。她懷疑過賀蘭欽的目的，也探究過他們之間可能存在的過往淵源，甚至親口同他求證過，然這位老師從未與她透露過半個字。

他總說「將來妳會知道的」。

承諾給了人期待，那麼今日是要將這謎題解開？又為何會選在這樣的一天呢？風平浪靜的長安城夜晚，百姓都將安眠，夏蟲不知倦地熱烈吟喚著，月光鋪張地從窗子外照進來——良辰美夜，並不是提沉重往事的好時機。

「妳坐下。」賀蘭欽一貫平和地對李淳一說完，伸手示意她在軟墊上坐下。他剛要點燈，李淳一卻下意識地伸了手阻止。

賀蘭欽於是遂了她的願，收回手在對面坐了。

此時屋內只有黯淡月光，無法將對方的臉看個清楚。李淳一輕緩地吐納一口氣。「請老師說吧。」

賀蘭欽卻反問：「知道妳阿爺是誰嗎？」

李淳一略低著頭，回了一個平日裡誰也不會輕易提的名字：「林希道。」

「嗯。」賀蘭欽輕應一聲，卻說：「其實不是，妳阿爺起初並非是這個名字。」

李淳一驚訝抬眸。賀蘭欽卻不著急解答，慢慢說道：「他也是關隴出身，但長在江南，因幼年時家裡出了些事，所以改名換姓了。在他升任四方館通事舍人之際，四方館恰移至中書省轄下，需夜值內宮。」

「女皇當政，因此中書省常有女官出入，並不為奇。但他那時不清楚女皇偶爾會微服暗訪中書省，於是將女皇認作了女官，甚至因一件瑣務較真起來。」賀蘭欽頓了頓，沒有太著眼細節，只道：「男女之間相識相知，水到渠成，靠的是奇妙緣分，這些妳也明白……」

他一點一點地說下去，語氣不疾不緩。李淳一好像落到那年的長安城中，站在中書省外，看著這一切發生。

因宮內的人忌諱談論此事，李淳一對父親也只有模糊認知。她只知女皇比他要年長一些，知道他其實是個格外有趣的人，年紀輕輕便通曉多國語言，學問上鑽研得極深，在政事上的見解似乎也十分獨到。

倘若不是稀里糊塗結識了女皇，他或許將來還會成為館閣股肱。然凡事無假設，他在中書省結識了這個英氣十足、頗有氣度的「女官」，竟然一往情深，等陷入其中才獲知真正情況。

他本是要悄然離開的。

因皇夫與女皇之間，是多年的結髮情誼。哪怕最初只是為了單純的聯盟，那麼隨著長子、長女的出生，這樣的關係已牢固得盤根錯節，根本無法撼動。

何況那時朝局初穩，所有人都不希望後宮再生波折，尤其是女皇的後宮。既然已經有長子、長女，皇嗣似也不成問題，何況皇夫還年輕體健，女皇又豈可另造廡殿？

朝臣對女皇後宮的干涉到了蹬鼻子上臉的地步，聞得一點兒風吹草動便紛紛上諫。這不可、那不可，說到底不過是反對女皇再謀新歡，最後連女皇平日裡一貫的自律也被當成槍使，說些什麼「陛下勿為一時貪歡而毀了以往的清名」云云，皆是高高在上的指責與要求。

女皇最痛恨的莫過於此。因生來是女人，不論做了什麼，最終坐到哪個位置，他們仍用那一套慣用伎倆來衡量她。而她渴望拋開性別，只以一個帝王的身分來決定自己要什麼，於是她不顧朝臣的費力干涉，執拗地在立政殿東建造了一座新的宮殿，並強勢地宣布自己有孕在身，哪怕為天家血脈考慮，也必須再行冊立。

林希道是這時才被真正捲入其中的。

外朝的爭鬥他其實都明白。女皇與朝臣之間的博奕，女皇與皇夫代表的山東勢力之間一觸即發的爭鬥……這些都是改變他命途的導火線。

女皇需要他，需要此事來表達她強勢又堅決的對抗。除此之外，還有未出生的那個可愛的孩子，也同樣需要他。

拋開這些，還有兩人之間難言的情愫。儘管女皇不擅表達，心中喜惡悲歡也習慣深藏，但那段時日，她無疑是難得地真正開心過的。

林希道沒有將她看作帝國的一個符號，而是給了她理解與尊重，將她看成了一個完整的個體。對女皇而言，那是人生中再不會有的「身為人而活著」的日子。

而諸事越美妙，往往越接近虛無，最終便不可逆地走向悲劇。

腹中的孩子即將臨盆，這樣營營得來的短暫美好，似乎也要隨羊水一道破裂，之後便是撕心陣痛。

就在這個孩子出生前不久，皇夫從山東回了京，遞了一沓鐵證到女皇面前。

天氣變差了，局面也在一瞬間變得汙穢不堪。女皇甚至都沒能夠看完，撐著足月的孕體站都站不起來，忽然就偏過頭，劇烈地嘔吐起來。

那噁心發自肺腑，逼亂理智，讓她無處可遁——

皇夫異常冷靜又溫柔地走到她面前，抬起她的頭，耐心撫摸她滿是狼狽與驚惶的臉。

「陛下是在亂倫。」

他目光直接要望進她的眼睛裡，語氣是可怕的平和與篤定：「家醜就直接掩了吧，不用怕。」他目光下移，移向她的腹部。「這個孩子是怪胎，自然也不能要了。」

「不是這樣。」

腹下暖流陣陣，羊水已經破了，女皇強撐著咬牙切齒地否認。

外邊雨聲鋪天蓋地落下來，皇夫握著她的手腕，卻不顧她眼眸中的痛苦與掙扎。「林希道是妳弟弟，不僅如此，他還是前朝餘孽！先帝與陛下交代過吧，前朝那位六公主替他生了個小兒子，那小兒子後來是失散了還是死了都不得而知，只知他足上有印，而選官甲歷上記錄了林希道有一樣的印。」

他英眸微微斂起，竟是帶了一些嘲諷。「哪怕陛下不看吏部甲歷，與親弟弟歡愛時，竟連此都沒有注意到？還是因為歡愉過了頭，不記得這些細節了呢？陛下竟沒有意識到你們長得是一樣漂亮嗎？」

「他是如何在混戰中活下來，如何去的江南，又是如何改名換姓變成今日這身分……該有的證據，都在這裡了。」皇夫將那一沓紙從案上取下，按在她劇烈疼痛的腹部。「哪怕陛下無所謂亂倫，他也一定要死。陛下能登上這個位置，是因為當時先帝除妳之外再無他選，倘若此時留著這個親弟弟，前朝舊臣會怎麼做？不甘心在女帝之下的朝臣會怎麼做？每一樁，都實實在在是對陛下皇位的威脅。」

他理直氣壯說完，隨後鬆開手直起身。「臣會替陛下解決掉這一切，陛下只須睡上一覺，待明早雨過天晴，一切便會好起來。」

這時風雨入殿，他走出門去替她了斷林希道，一內侍顫顫巍巍送了藥進來，要除掉她腹中這個亂倫的怪胎。

但孩子即將降生，女皇的自我厭惡感也到了巔峰。

伴隨著女皇強烈的自我厭棄與一攤汙穢，李淳一來到了這個世上，同時也送走了她風華正茂的父親。他被蒙在鼓裡，甚至不知自己為何就招來禍端，連一句辯駁也無法言說，就真的為她去死了。

李淳一聽賀蘭欽講明當年父母「一夜反目」傳聞背後的情況，整個人都怔住了。

她乾澀的喉嚨無法出聲，自我厭惡感竟然也慢慢騰上來，脖頸間彷彿有一雙手將她掐住，一時間居然氣也難喘。

此刻立政殿內，女皇則沉默地走到皇夫病榻前，像報復當年她臨產前被冷漠對待一樣，不惜弄疼他般用力握住他的手腕，面目裡更無半點善意，甚至摻了厭惡與狠毒。「你閉上眼就可以走了，有什麼話留到陰曹地府與閻王說，朕一點兒都不想知道。」

皇夫的呼吸十分沉重，但他仍努力嚅動嘴脣，低啞開口：「別的不說了，就說一件——林希道。」

聲音非常低，卻將女皇的心狠狠挑了一下。此事帶來的強烈自厭像是心魔一樣牢牢控制她多年，無一日能夠擺脫。她當年也努力去求證過那些到底是不是真的，甚至害怕李淳一會長成怪胎……然越恐懼，這些事便越像是事實本身，惡夢也越發強烈清晰。

「陛下能靠近臣一點兒嗎？」低啞聲音再次響起，皇夫甚至有了迴光返照的力氣，竟然反握住女皇的手，將同樣虛弱的她拉近，貼著她，用近乎嘆息的聲音道：「陛下是有多害怕自己犯錯呢？竟然就那樣信了我，那是謊話啊。」

女皇衰老的眸中驚駭一閃即逝，而這分明是她最不想面對的。

因這意味著，她全錯了。

林希道的死是錯，把李淳一當怪物是錯，對自己這麼多年的懲罰也是錯……她頓覺天旋地轉，額顳血管猛跳，連呼吸也在瞬間變得局促。

但皇夫卻死死握著她，咬牙切齒中竟有一絲勝利的歡愉。「他死得無辜，也死得可憐，妳現在一定恨極了我。可是天藻啊，即便最後死了，妳還是要與我同穴，只有我們才能長長久久地相守著。」

女皇想要掙開，但心中的力氣悉數被抽離；而他一個將死之人，卻固執地死死拖住她，像怨恨叢生、互相糾纏不放的根鬚，你爭我奪，到死也不肯作罷。

另一邊，賀蘭欽忽然起身點亮了案上的燈。

火舌在黑暗中猛竄起來，瞬將李淳一的臉照亮。她下意識地閉了下眼，因覺刺目，甚至偏頭迴避一下。

賀蘭欽捕捉到她神情裡的微妙厭棄感。

在此事上，她與女皇的反應簡直出奇的一致——害怕犯錯，會將無意「過失」悉數歸攬到自己身上，甚至由此認為自己不堪。

她聽到父親「真實身分」這裡，心中的驚懼升到了極點，連身體裡流淌著的血液都似乎變冷了。還未等賀蘭欽繼續往下說，厭惡感就不可控地翻湧上來——

對自己是「亂倫怪胎」的厭惡。

難怪她出生後就被扔進掖庭，難怪女皇從不願踏足她的住所，因為她生來就帶著汙穢罪孽。她後來沒有長成怪物就應當覺得慶幸，又如何能夠再奢求其他呢？

她眼中的精氣神一點點黯淡下去，賀蘭欽卻將案頭燈芯挑得更亮。他不疾不徐開口，打算接著將故事講完：「我還未說完，妳就迫不及待給自己審判了，竟然對我的說法一點兒懷疑也沒有嗎？」

李淳一緩緩抬頭。

「皇夫的調查與說辭是那樣偏頗，為何妳與陛下都會相信呢？因為都弄錯了要點，事情的重點難道不是求證嗎？」賀蘭欽平靜地望著她。「然而在陛下眼中，林希道有沒有罪不重要，他的死不是因為有什麼罪過，他是為了平息陛下心中的自我懷疑與厭惡而死的。」

他接著說道：「這是皇夫的聰明之處。他太了解陛下，知道只給林希道找差錯沒有用，遂直接將髒水潑給了陛下，讓她無處可遁。利用她的多疑，利用她內心敏感的倫理準則來影響事態，加上挑準了好時機，便順利敲定了全局。」

短暫的嘆息過後，他又道：「人死不能復生。別的事或許還有後悔餘地，但死，就一點兒都沒有了。事成定局，陛下的懷疑與求證也就只能小心翼翼，時間過去越久，越不敢去翻案，生怕自己錯了。所以她將妳獨自丟去掖庭，包括後來讓妳去封地，其實都是一個道理，她怕見了妳就想起自己『糊塗不堪回首』的那一段罪孽過往。」

燭芯塌了下去，火光倏暗，賀蘭欽拿起剪子挑了挑。「強大如女皇，卻一生不敢面對此事，妳想像得到嗎？」

李淳一抿緊唇不出聲。

「只有皇夫能想像，只有皇夫——清楚她的軟肋。」賀蘭欽唇邊竟然有詭異的笑容。「他們真是糾纏一生的孽緣，牽扯著無論如何也剪不斷。」

他這麼說著，手中的剪刀口忽然張開，又收閉，燒枯的一段燈芯便被俐落地剪了下來。

李淳一這時終於開口，她略抬頭看他問：「那麼，我阿爺原本姓什麼？」

「隨母姓楊。」賀蘭欽直言不諱。「他的確是前朝六公主的小兒子，但他生父絕對不是女皇的父親，生辰都對不上，更勿說胎記。甲歷上的記錄是偽造的，女皇當時產後體虛甚至下不了榻，不能、更不敢親自去查證屍身上的胎記，只遣了身邊內侍去看，然內侍卻與她說了謊。」
李淳一輕擱在案沿的手瞬間滑落下來。
「妳阿爺是冤死的。他不是女皇親弟弟，妳也不是亂倫產下的怪胎。其實誰也沒有錯，但湊在一起，就全錯了。」
屋外夏蟲毫不體諒熟睡的人們，鳴叫聲越發囂張歡愉，勢頭簡直要將天幕都掀開。
李淳一雙手都垂下，忽然站起來，轉過身，想要做點兒什麼，或者只是走兩步，抑或再次坐下，但一時間什麼都辦不到。軀體彷彿失去了控制，只剩下不知所措。她曾為父親的死設想過數種理由，但唯獨沒有料到其中竟然是如此情況，是這樣說不出的冤枉。
而女皇一直以來的厭棄與排斥，正映照其內心的懊惱與恐懼，不只是針對李淳一及林希道，更是對她自己。
賀蘭欽這時候起了身，看向李淳一無措的側影道：「妳現在立刻回宮請罪，將途中元信遇劫之事如實稟告，不要給太女留欺君把柄。」
李淳一有些遲鈍地轉過身，腦海中卻飛速轉換了話題，聲音裡帶了些努力平抑崩潰情緒的顫音：「我已被禁足，又以什麼理由去？」
「皇夫熬不過今晚，他一定會死。」賀蘭欽語氣篤定到彷彿操控了這一切的發生。「人之將死，總有幾句話要說，若不出意外，現在該說的也已經說完了。女皇可能正遭遇最脆弱的時刻，她需要妳，而妳也需要這樣一個機會。」

他逕自走向那暗道，背對著她道：「我能做的也只到此了，這機會中的風險與變化，要妳自己去承擔，妳得有這個勇氣與膽魄。」

他說完要走，李淳一這時卻轉過身，恢復了一向的冷靜，直指要害問：「老師與我阿爺之間又是什麼淵源？這些事又是出自何人之口？老師在宮中是否也有眼線，是在陛下壽辰之夜遞給我『忍』字的那位內侍嗎？老師之所以一直幫我，為的又是什麼？」

賀蘭欽背對她站在暗光中，往前繼續行就是通往外邊的暗道。

他瞇眼面對即將到來的黑暗，卻若無其事道：「妳阿爺是我親舅舅，宮中多的是前朝舊人，眼線又何止一個？我不是幫妳，是為了圓妳祖母的夢，她不太樂意看著李家獨吞這河山，妳不過是恰好有幸帶了我家血脈罷了。」

他輕鬆平和說完，最後甚至不忘用「有幸」二字提醒她——她是半個楊家人，流著前朝皇族的血。

賀蘭欽即將去往山東，而李淳一也要往宮裡去。

此時立政殿昏黃的燭光還在紗幔外輕搖，殿內釅釅藥味浮動，榻上兩人仍死死僵持。這近乎偏執的親密關係令人窒息，緊握的雙手之間藏著難掩的巨大隔閡與怨恨，女皇蒼老的面容中表露出歇斯底里的絕望與厭惡，甚至到了猙獰的地步。

這僵持久了，人心也倦。女皇面上漸現出一片死灰般的寂靜，手也漸漸鬆了，然皇夫卻加大力氣，手甚至移到她脖頸處妄圖要掐死她。

「天藻，與我一道死吧，如此黃泉路上走著也不會孤單。」他使出畢生的力氣與她說話、扼她咽喉，而她沒有任何反抗，好像當真就願意這麼死了。

這時紀御醫斗膽闖進來，一邊高呼著「陛下」，一邊掰開皇夫的手，隨後轉向衣袍有些垮皺的女皇。「陛下可有哪裡不適？」

女皇因缺氧頭暈耳鳴，但她只晃了一晃沒有癱倒。她緩緩睜開眼，看向榻上皇夫，只見皇夫一雙枯槁的雙手垂落下去，兩眼固執地瞪著，口鼻間似乎還有不服輸的一股熱氣，但已是強弩之末，無有建樹了。

她就這麼面無表情地看著他，目睹他死前最後的不甘與痛苦。

這些死去的人，或許都會變成面目可憎的厲鬼。她不懼厲鬼，她更怕心甘情願去死的那雙清澈眼睛的主人。

忽然，皇夫不動了，但眼睛還瞪著。紀御醫上前一探，又搭了脈搏，轉過頭對女皇稟道：「陛下，主父歸天了。」

女皇聽了，什麼反應也沒有，緩慢轉過身往外走。此時殿內、殿外悉數跪成一片，哭聲與「皇夫歸天」的傳報聲也逐次傳出來，只有女皇冷漠地出了殿，拖著病體走在早夏的夜色中。

她沒有走向自己的寢宮，而是往立政殿東的一座小殿行去。那是當年為林希道築建的寢殿，自他出事後便被封了多年，她也沒有再踏足過一步。

按說內裡早已髒亂不堪，但內侍打開沉重的殿門，卻沒有一絲一毫的灰塵湧來，彷彿這裡從未被封禁，仍日日有人打掃，有人作息，有人坐在案後讀書譯字，有人焚香撥琵琶，有人為即將出生的孩子苦思名字，有人聽到傳報聲即刻放下手中工作起身走到門口來，對她道：「大周典籍浩瀚精妙，倘譯作他國文字，便能傳得更廣。有些地方武力不能至，文道卻可以，陛下以為如何？」

女皇手舉燭檯，幻象紛至沓來，都活在那一星燭火裡。

燭火滅了，殿內便只剩下黑黝黝的風，沒有聲，也沒有了溫度。

隨行內侍趕緊進殿點好了裡邊的燭檯，將窗戶都打開。陳舊的紗幔被風搖動，昏光中如攏月紗，朦朧靜美。女皇步履沉重地走進去，滿目皆物是人非。

長案仍在，厚厚書卷堆成小山，未完成的譯字稿紙已隨歲月捲皺，手指撥過琵琶弦，還有聲響，卻唯獨沒有了人。
女皇在案前枯坐下來，她沒有精力去追究到底是誰在一直悄悄維持這裡的整潔，只剩滿心難過，沉重得幾乎將她壓塌了。
逃避了幾十年，真正坐下來去面對時，她卻發現自己徹頭徹尾是懦夫。
她坐了很久，久到內侍都不知所措，沒人敢上前提醒她回寢宮，直到李淳一現身。
李淳一違制深夜入宮，卻聞得女皇不在寢殿，而是來到立政殿東邊被封禁多年的這座小殿，她便猜到皇夫是將該說的都與女皇說了。
她心中百感交集，看到暗光中女皇獨坐案後的身影，心頭卻湧起一陣尖銳刺痛。
她也想逃避，但此時只有將這些情緒都收起，才能走完接下來的路。於是她撩袍入殿，走上前又伏地跪下來。「兒臣來請罪了。」
沒有回應。
她深深跪著，又重複了一遍：「陛下，兒臣來請罪了。」
仍舊沒有回應，殿內只有長久的沉寂。好像過了這些年，這地方已不適合有活人聲息再出現。

李淳一心跳驟地變快，她甚至可以聽到猛烈跳動的聲音，在這殿內顯得分外駭人。強烈的不祥預感撲襲而來，她幾乎是顫抖著往前爬，爬到案前，才敢抬起頭緩緩直起了身。

手如千鈞重，她費力抬起，伸向案後的女皇，指頭逐漸挨近其唇鼻之間，努力地穩住，卻遲遲未感受到一絲活氣。

「陛下、阿娘——」

她語無倫次地喚女皇，但女皇只那麼坐著，彷彿可以一直坐下去。

風驟湧入殿，將燭火吹熄，黑暗與無可告解的驚懼鋪天蓋地覆下來。周圍彷彿有琴音「錚——錚——」，一下，又一下，緩慢有序，又似乎有低吟聲，但聽不清在唱些什麼。李淳一跪坐在地上，側過身，只看到紗幔在黑漆漆的夜裡隨風鼓動，外邊廊廡裡靜得好像一個人也沒有。

長久疲憊與接二連三的打擊，讓她耳內出現了幻聲。風似乎帶進來一些潮溼，月亮也悄然隱進雲後，鈴鐸聲叮叮作響。

小殿西面的立政殿內，這時已忙作一團。儘管女皇還沒有下旨如何安排皇夫的喪儀，但先前預備好的殮衣、白綾等等都被搬出來，內侍省忙著將消息傳報下去，幾個尚宮匆匆趕到立政殿著手籌備皇夫身後事。

號哭聲不止，卻有序而不嘈亂。一名年長的宮正這時走出殿門，正色道：「主父歸天，諸事都要人定奪，還是得請陛下的旨，快責人去。」
那內侍面現為難，壓低了聲小心翼翼回道：「陛下先前就在這，主父嚥了氣，陛下也是一言不發，只往東邊去了。」
他說著，神色詭怪地朝東一瞥。「已去了不少時候了。」
年長的宮正一怔。「去了東邊？」
她是宮中老人，二十多年前的事心中多少有數。那邊小殿封了多年，女皇卻在皇夫嚥氣之後破天荒去了那裡，一時間她也不知如何是好，只道：「還是要遣個人過去看看，但不要擾到陛下。」
她頓一頓又問：「東宮去通報了嗎？」
「早去了，還沒有來。」內侍回完，殿內宮人們的哭聲越發撕心裂肺起來。
這時宮正轉過身，乍聽得急促的傳報聲來——太女到了！
女皇不管事，這會兒終於來了個能理事的，宮正略是激動地跪下去，彷彿抓住主心骨，一下子不再茫然了。
李乘風一身黑衣攜凌厲的夜風走來，卻理也未理她，逕直走入殿內。宮正抬起頭，剛要站起來，卻聽得裡面哭聲瞬止！
李乘風令宮人止哭，殿內便頓時陷入死寂。
太女生性暴戾狠毒，宮人平日裡對她就多有懼怕，這時見她渾身上下的凌厲架勢駭人到了極點，遂是連抽噎聲也不敢發出。

楊上皇夫的身體已逐漸變冷，原本瞪著的眼也由宮人抹得闔下來，但即便如此，臉上也並沒有安詳的鬆弛感，可見死前掙扎痛苦到了極點。

李乘風冷冷看著，心中同樣滋味萬千。

她幼年時總以為天下夫妻都如她父母一樣——是盟友，彼此算得上尊重，關係不鹹不淡，也不會過分親暱。直到她看到母親與林希道在一起，才知道母親會笑，也會面露溫柔，甚至對腹中未出生的孩子也會格外的體貼重視，譬如早早起了名字，親自預備了許許多多的小衣裳……這些柔情優待，她與兄長都沒有享受過。

到那時她才明白，天下男女相處並不僅僅像她父母那樣。女皇與林希道的相處，看起來甚至更快樂、更契合，但這無疑對她父親是不公平的。因此後來林希道突亡，她心中升騰起來的是難言的釋然與高興，但這喜悅轉瞬即逝，因為母親從此以後脾性變得更古怪，甚至更加疏離了她父親。

楊上這個男人，手握重權大半生，手起刀落解決掉林希道，卻仍未能得到女皇的心。他死了，那個人對此都不屑一顧，甚至懶得來操心他的身後事。

酒醒後的李乘風念至此，忽然撩袍在榻前跪下去，伏跪的姿態將之前心中對他的怨憤全部壓下，轉而騰起一陣莫名心酸。

她沒有哭，只閉上眼安靜跪著，好像如此便能將他乾乾淨淨送走，免得他一路受驚不斷回首。

不要再回頭了，也不要再記得這輩子的糟糕事，至此就全都拋掉吧。

另一邊，小殿裡仍然黑黝黝的，女皇的身體也漸漸硬冷了。她像坐化的高人一般巋然不動，詭異到了極點。不知她是被這些事徹底壓塌了，還是至此已無精力再纏綿於人間，遂這樣突然地選擇遠去。

丟下沉重的軀殼，人的靈魂當真能夠輕盈地走遠嗎？

李淳一終於從地上起身，走到女皇身後跪坐下來，伸出手從後面輕輕抱住她。至此，李淳一才察覺這具身體異常枯瘦，彷彿難熬歲月將肉體都消耗盡了。

李淳一閉上眼，側臉貼著母親的背，心中說不出是怨恨，還是難過。緊閉著的眼裡慢慢有淚流下來。女皇生前甚至沒有抱過她一次，這二十多年間，她們未能面對面坐下來親暱地用一頓飯、談一次天，更沒有分享過喜悅、分擔過彼此內心的沉痛，只有控制與迴避，憎惡與虛情。

既然她生前沒有抱過自己，這時候就抱抱她，送她最後一程吧。

李淳一擦掉眼淚站起來，因她現在處於危局，連情緒也得有節制。

她本意是進宮陪伴女皇並坦白元信一事，但女皇突然駕崩，眼下只她一人知道這事實，再加上她是違制進的宮，情勢便十分不妙！

她抑住劇烈心跳重新點起燈，女皇枯槁的面容便再次被照亮。李淳一看她兩眼，往後退了兩步，大聲道：「既然陛下身體不適，兒臣告退。」她說著繼續往外走，退到殿外。

內侍對她略躬身，問：「陛下可還好嗎？」

李淳一回道：「她並未理我。」

內侍面上浮現一絲擔憂，卻又不好說什麼。

李淳一又問：「陛下深夜召我入宮，為何不在寢宮而在這裡？宮裡發生什麼事了嗎？」

內侍壓低聲音道：「主父歸天了。」

李淳一陡然想起賀蘭欽說皇夫今晚一定會死那句話，頓時脊背一陣寒。她彷彿怔了怔，默不作聲轉過身，往東邊去。

當務之急是離開這裡。她步子甚急，剛至拐角，黑暗中卻忽然伸過來一隻手將她猛地一拽。那隻手冰冷枯瘦簡直如厲鬼，李淳一一驚，鎮定下來才看清楚面前的人，那是個上了年紀的內侍，形容枯槁、身形瘦削，聲音也是嘶啞的——

「殿下跟我來。」

李淳一像被魘住一般當真跟著他走，直至走了一段，那內侍才道：「太女已往這邊來，倘若撞見，恐怕對殿下不利，此時殿下或許該去中書省。」

他說完忽然毫無預兆地轉過身，快步消失在夜色裡。

他給了忠告，李淳一神志也逐漸清明。李乘風因長期服藥，脾性已變得更捉摸不定，倘若她得知了女皇賓天的消息，只怕會喪失理智，這時撞上她，找死無疑。

皇夫歸天的消息這時已傳到了中書、門下兩省，李淳一抵達中書內省時，值夜官員都醒了，一個個都神情肅穆，全沒有了平日裡的輕鬆作風。李淳一避開底下大堂，逕直往樓上去，卻聽到樓上公房有動靜。

忽有一少年從公房內走出來，竟是宗如萊。

宗如萊手裡舉了根蠟燭，站在樓梯口看下去。「殿下！」

李淳一抬頭看到他略愣，但仍繼續往上走。「你為何會在這？」

宗如萊回道：「相公走之前便安排某在這裡做書吏——」他頓了頓，又補充道：「他說殿下或許會來，屆時總要有個留門的人在。今日宮內出了大事，殿下果然來了。」

李淳一沒出聲，她示意宗如萊進屋說，可剛進屋坐下，底下就響起了嘈雜聲。宗如萊一驚，霍地起身衝出去一看，只見一隊東宮親衛模樣的人進了中書省，正往這邊走來。他正要回去稟告李淳一，樓梯上便響起雜沓的「咚咚」一聲。

走在最前面的是親衛副率，面無表情宛若死人。他只象徵性地敲了敲門，便率手下闖進公房，看到李淳一果然在，便道：「殿下冒犯了。」於是一夥人上前不由分說就架起李淳一，挾她往外走。宗如萊大駭，正要追上去，李淳一卻回頭與他使了個眼色，他便往後退了兩步，再轉頭立刻瞥見李淳一留在案上的字條，那上面讓他速出門去通知賀蘭欽，甚至留了一枚金魚符在案上。

宗如萊將那枚魚符握緊，攥了字條速奔下樓。

這時中書省官員們都被外邊的陣仗嚇到了，東宮親衛氣勢洶洶過來抓吳王，莫不是宮內還出了更了不得的事情？

李淳一掙開那衛兵的箝制。「本王自己走！」

她大步走到最前面，身邊是呼呼的風。李乘風的反應超出她的預料——

李乘風必定要追究她違制入宮一事，會對她大發雷霆，甚至囚禁她。

宗亭遠在關外，賀蘭欽即將去往山東，朝臣缺乏站出來替她說話的力量，她只好寄希望於宗如萊手中那枚魚符與字條，但願他能在賀蘭欽離開前，將消息傳到。

宗如萊奔跑在御道上，出了承天門，又出了安上門，外面便是長安城密布的里坊。他懷揣著李淳一所有的希望趕到賀蘭欽的居所時，開坊的鼓聲都已經敲響。

筋疲力盡的少年站在門口，抬手敲響了門。裡面卻只走出來一個女冠，告訴他賀蘭欽已經走了。

宗如萊聞言近乎崩潰，但仍哽咽著問離開的時間及方向，扭頭又是奔跑。

然而年輕的身體已無法負荷這長時間的奔跑，就在他重回朱雀大道時，整個人不受控地跌下去。

耳邊是長長久久的轟鳴聲和雜沓的腳步聲，進而是一聲高亢又熟悉的馬鳴，有人翻身下馬將癱倒在地的他抱起來——

「三十四叔，怎麼了？」

青鳥

第十二章

宗如萊整個人被抱起，他乏力地撐開眼皮，模糊的視線裡是宗亭的臉。他想張口說上幾句，卻只發出快累垮的沉重呼吸聲，最終手探進袖中，摸出一張字條與一枚金魚符，像完成重任般交給宗亭，眼皮就下垂了下來。

這時朝臣均陸續接到皇夫歸天的消息，然而他們並不知道，等待他們的不僅僅是皇夫的喪禮，還有帝王的更迭。

女皇暴斃，李乘風雖也吃了一驚，但她當夜即控制住宮中局面，東宮一眾僚佐也各就各位，儼然一副要替代舊班子的架勢。

宗正寺卿及禮部尚書等人一早就進了政事堂，見是太女主持皇夫喪禮，還以為女皇身體又抱恙。

議及追贈等事宜時，禮部尚書問：「此事陛下可有定奪？」

李乘風這才如實相告：「陛下悲痛過度，昨晚也歸天了。」

宗正寺卿等人駭了一大跳。這麼大的事，李乘風竟能風平浪靜地說出來，且女皇——真的就這麼死了嗎？

一眾人在女皇麾下效勞數十年，總以為她還能扛個數年，她竟然就這般撒手人寰了？幾個人面面相覷，一時不敢出聲。

李乘風斂眸道：「該撰的哀冊、謚冊，還有陛下的謚號，就交由諸位籌備了。」

她說完忽然闔上眼皮，好像忙碌了一晚上已經十分疲憊，眼下甚至現出一抹青黑。這一聲交代，將幾個大臣逼進狹巷裡，簡直進退維谷。

皇夫喪葬本就前無古人，已是無可參照的凶禮了。這下子女皇也一同死了，兩件大事湊到一塊，教這些負責儀典的大臣們手忙腳亂。何況，在這之外還有新皇的登基大典要籌備。

宗正寺卿頓感眼前一黑，好像前陣子的惡夢全成了真，倘不是太常寺卿暗中掐了他一把，他恐怕就得直直栽過去。

宮內一點兒風浪也沒有，眾人心裡卻起伏得不知要如何划槳。多數官員還不知女皇已經拋開他們走遠了，百姓更不曉得將有大風大浪要颳來，新舊交替已正式拉開帷幕。

李乘風見這幾人不出聲，只道：「出臨、大殮、下葬這些事，皆可合在一起辦，其餘細節由諸卿商量妥當了擬給我看。」

說罷她又委任宗正寺卿為治喪使，禮部尚書為禮儀使，太常寺卿為儀仗使等，已完全是新帝王的姿態了。

她說完起身就要走，禮部尚書突然開口，問：「國不可一日無君，殿下應令司天臺擇日，盡快登基才是。」

他這句話講到了點子上，也說進了李乘風心坎裡。

宗正寺卿這時卻略有些不屑地乜了一眼禮部尚書，也不附和。只聽得李乘風道：「卿說得有理，就這樣辦吧。」

宗正寺卿這時才站出來道：「帝后凶禮細節繁瑣，處處都需人拿定，殿下國務纏身，恐怕無法一一顧及，不知可否遣吳王督視？」

李乘風聞言，銳利目光掃過去。「吳王哀傷過度，身體抱恙，她能做得了什麼？」她言語裡將李淳一全盤否認，冷冷地拒絕了宗正寺卿的提議。

宗正寺卿心中莫名對李淳一的安危擔憂起來，正要再說上兩句，這時外面卻有庶僕報道：「宗相公到了！」

李乘風倏地挑眉，堂內幾個人屏息等著，卻未聽到從前慣有的輪椅移動聲，而是極輕又稍顯急促的腳步聲。那腳步聲在門外停住，似乎脫了鞋履，繼而由庶僕移開門，卻也不著急跨門進來。

不太強烈的晨光搶先踱進了堂，眾人抬頭看去，只見宗亭穩穩站在門口，聞得他開口：「不知殿下在此，臣這樣貿然前來唐突了。」說罷只低頭揖了一揖。

李乘風將他從頭到腳打量一番，目光越來越冷厲，被欺騙捉弄的厭惡感瞬間升到極點，言語也十分刻薄：「宗相公雙腿不是殘了嗎？」

「殘了又如何趕走西戎，平定反賊？陛下對臣有殷殷囑託，上蒼恐怕也看不過去，遂佑臣在隴右得了神藥。殿下為何見了臣一臉失望？莫非臣殘疾了，殿下才開心？」他語氣平和，氣勢卻分毫不輸李乘風。

一群人已聽出了這裡邊的暗鬥，更不敢出聲，只有太常寺卿投去看好戲的目光，並道：「宗相公回來得正好，眼下內朝、外朝皆遇大事，最是人手不夠的時候，中書省也亟需你來主持哪。」

他裝作蒙在鼓裡。「某剛剛趕回長安，還未接到任何消息，發生了何事？」

宗正寺卿不待李乘風回答，已面露哀色搶著道：「陛下、主父，昨晚都歸天了。」

宗亭倏地沉下臉，露出不可置信的神色來。「怎麼會？某還有急事需稟告陛下……」

「還稟告什麼？陛下再也聽不到了……」宗正寺卿面上悲痛越盛，好像女皇這一死，他也要跟著自暴自棄了。他差點哭出來，那邊太常寺卿暗暗掐了他一把，他這才收神道：「你那急事，恐怕都只能與殿下講了。」

宗亭抿了一下脣角，看向李乘風，竟是順著宗正寺卿的話回道：「也只好如此了。臣此次回來，一是為隴右西戎邊事，二是為交接中書省事務。」

他當著一眾人的面，逕自將要稟告給女皇的要務轉而稟告李乘風，竟好像已經認可了李乘風的繼任者資格！

堂屋內幾個人一聽，個個心思翻動。宗亭這是真站隊，還是假迎合？他說的「交接中書省事務」又是何意？

眾人不識趣地愣在當場，根本沒有意識到要讓出堂屋。李乘風也是對宗亭此話不解，略蹙眉問：「相公此言何意？」

「臣先前奉陛下旨意前去關隴平亂，經此一事，更覺西戎對我邊疆的狼子野心。隴右此次內亂險些丟掉國土，往西之途擔負重要往來，此路絕不能斷，隴右也不可再亂。然內亂致大都督桓濤不幸罹難，關隴現無支柱，只怕會再生不太平。」他稍頓，又道：「因此臣先前向陛下請旨，辭去中書令一職，轉任關隴，故而回來交接中書省事務，也請殿下盡快安排。」

講到這裡，他目的才明瞭！

口口聲聲說著要辭去中書令一職，看著好像要將大權棄之一旁，實際卻是要名正言順地徹底將關隴軍握在手裡！

堂屋內諸人皆是愣了一愣，李乘風則是瞬間怒了。「胡鬧！關隴內亂平息後，本王自有安排，又豈容得相公自作主張？」

宗亭不顧她陡然冒上來的這一撮火，逕自發問：「自有安排？倒不知殿下心中這安排是何時有的，難道還在陛下籌謀之前嗎？」

在其位謀其事，女皇在世時，關隴一事就只能歸她管，哪裡輪得到太女李乘風？李乘風當著眾人說出此言，分明是自曝僭越。

宗亭面上不動聲色，卻緊盯著李乘風，留意她一竄而起的怒火，隨時準備再次激怒她。

李乘風因服丹藥變得越發易怒，這時她明顯察覺自己要炸開來，想要努力壓制，心中那一團火卻燒得更旺。

她的手略略顫抖，卻聽得宗亭道：「拋開僭越不談，臣倒想請教殿下打算怎麼安排？關隴多年來情勢複雜，殿下既然有信心安排人手安撫妥當，臣等甚想知道這合適的人選是誰？」

「此事尚輪不到相公操心。」

「臣時刻掛念國土完整，不願再看關隴內耗，更不想看殿下無緣無故遣個人去送死。」他板著臉，一字一頓道：「殿下倘若無法深思熟慮，臣這裡倒是有一道旨意，免得殿下憂心麻煩。」

他乍然提到旨意，將堂屋內幾個要臣駭了一跳。

女皇暴斃，一句遺言都未留下，一眾人正遺憾著，結果宗亭卻突然揚言要亮出遺詔！

連李乘風的臉上都露出難以置信的神色來！

幾雙眼睛齊齊盯住宗亭，宗亭的手探進袖中，卻不著急取出來，而是喚禮部尚書道：「請曹尚書做個見證。」

禮部尚書聞言快步走過去，將手一伸，宗亭便將袖中一道旨意遞過去。

尚書省是平日裡接觸御批政令最頻繁的衙署，其長官對旨意真偽的查辨自然最有發言權。禮部尚書有些忐忑地將那卷軸打開，搶著快速地看了一遍，直到看到那一方御印，面色瞬時變了幾變。

女皇竟是在旨意中安排宗亭接任桓濤的位置，掌隴右各州縣兵馬甲械、鎮戍糧廩，為隴右府總判事！此外，竟是將連同玉門關外安西都護府的兩個州也劃撥給他；同時，又因王夫掌理政務多有限制，甚至令其與吳王和離。

女皇是病糊塗了才下了這旨意嗎？這御印完全沒錯，字跡則是平日裡秉筆內侍的字跡，絲毫不差。

禮部尚書驚得愣在原地，握著那卷軸竟是連讀也讀不出來。李乘風面上瞬間閃過一絲不耐，伸手就將卷軸搶過，讀完後，面上也是驚色乍現。

然就在她剛剛讀完的瞬間，宗亭居高臨下迅疾奪回了那卷聖旨，板著臉道：「是陛下安排某回來交接中書省事務，雖是遺詔，但仍有絕對效力，望殿下勿做出抗旨之舉。」同時又道：「和離之事非一人能夠辦成，臣回府並未見到吳王，倘若吳王被扣宮中了，還請殿下放了她。」

從頭到尾，李乘風幾乎都被宗亭牽著鼻子走，局勢也彷彿完全被他控制。後面宗正寺卿等人因不知遺詔上具體寫了什麼，只靠模糊聽來的「交接」、「和離」等話揣測，一個個瞪大了眼，皆猜女皇是不是得了失心瘋才留了這樣一道密旨。

宗正寺卿忙道：「等等，不是說吳王哀傷過度、身體抱恙嗎？被扣押是什麼說法？和離又是怎麼一回事？」

「哀傷過度、身體抱恙？」宗亭斂眸看向李乘風。「看來殿下對朝臣隱瞞之事竟不止一點半點。若不是中書省值夜官吏稟告東宮親衛連夜將吳王從中書內省抓走，臣恐怕也要誤以為吳王是因身體不適才留在宮中了。」

他話中帶刺，且直接捅出昨晚李淳一被東宮親衛強行帶走的事實。幾位要臣這時都屏息等他們二人的交鋒。

李乘風眸光冷成冰。「不過是在宮中待上幾日，她心中若沒鬼，又何懼調查？陛下走得突然，昨日進宮見過陛下之人都須接受盤查，吳王亦不能例外，本王做得哪裡不妥嗎？」

她悄無聲息扭轉矛頭，倒是將眾人問住了。

李乘風一時占據了上風，宗亭卻不再與她爭這山頭，只握了遺詔道：「那就煩請殿下盡早將此事調查清楚，也好盡快給臣交代。畢竟關隴局勢一天一個模樣，臣倘若因和離一事在此耽誤太長時間，只怕隴右會不太平。」

在關隴局面上表露威脅，向來是行之有效的手段，從女皇到太女，概不例外。宗亭捏準了她這軟肋，自然不再與她多糾纏，速穿好鞋履就出去了。

他來得莽撞，走得卻瀟灑，留下李乘風與一眾老臣大眼瞪小眼。

最後宗正寺卿率先揣起面前的簿子，匆匆要走。「臣還有許多事要忙，先行告退了。」說完對李乘風一躬身，竟是悶著頭溜了。

見他如此，另外幾個老臣也紛紛告退，末了居然將李乘風獨自一人留在政事堂。

宗亭走在政事堂廊廡下，一隻烏鴉棲在他肩頭咕咕低喚。宗亭無比迅疾地往牠腿上的信箋裡塞了字條，一鬆手牠便撲稜稜飛起。這時候宗正寺卿恰好追上來，喘著氣仰頭看看飛走的烏鴉道：「啊，這不是幼如的烏鴉嗎？」

宗亭看他一眼不作聲。宗正寺卿將簿子揣進袖中，又往前走了兩步，小聲與他道：「相公來得這樣及時，莫非是收到了什麼信？」

宗亭知他沒惡意，但平日裡宗正寺卿素來管不住嘴，同他講話幾乎等於敞開了同全長安的人說話，這便教人在面對他時不得不謹言起來。

「沒有，某只是恰好回來覆命。」

「那這是要往哪裡去？」

「回中書省。」

「啊，不管幼如了嗎？」

宗正寺卿本以為他要發什麼大招，宗亭卻回道：「左右將要和離，某今日能在殿下面前替她說上兩句就已算情分，難道還不夠嗎？」

他說話時平淡無情，看起來十分符合他的為人作風，卻分明透出一絲怪異！

宗正寺卿多少有些擔心李淳一，聽宗亭這樣講，心頓時涼了半截。宗亭愛吃醋、小心眼，這些他都略知一二。此次鬧著要和離且寡情到這地步，莫非是因為山東那個姓顏的？

他斗膽勸道：「再好的夫婦也有誤會，相公不同幼如見上一面，就這樣草率判定了生死，不太好吧？依某看，還是要將她救出來談一談才好。」

「誤會？」宗亭輕描淡寫地反問，目光掠過宗正寺卿的臉。「吳王吃著碗裡的，瞧著鍋裡的，姿態已這樣明朗，又豈會是誤會？讓她與鍋裡的那位去逍遙吧。」

他言語間是活脫脫的妒夫形象，宗正寺卿聽得心涼到了底——完了，指望這廝救李淳一大約是不可能了。宗正寺卿嘆完氣想要再說上幾句，一抬頭卻只見宗亭已大步遠去。

宗亭那邊擺了一副情斷義絕的模樣，烏鴉卻忠心耿耿地穿過窗戶飛落到李淳一案前。李淳一從信筒中取出字條，展開便見宗亭字跡，上面只寫了「三日」兩字，告訴她最多等三天。

李淳一抿唇將字條挨近燭檯，火舌飛速燎燃紙張，瞬間紙張就化成灰燼。

紙灰浮在空中還未及落下，外面腳步聲就近了。那腳步聲在外停了一停，似乎那人在向宮人問話。

「吃了嗎？」是李乘風的聲音。

宮人垂首回道：「送進去的都吃了，一點兒不剩。」

李乘風陡然蹙眉，往前走兩步，責令侍衛開門。門剛被打開，紙灰已落定，烏鴉也悄然躲到一旁。

案上擺著空空的食盅食盤，送進來時上面皆是滿滿當當的葷食，現在卻只剩了湯。李乘風目光從條案上掠過，竟是不可置信。而李淳一這時候卻端起面前的食盅，當著她的面將肉湯也飲盡。

李淳一喝完了湯，抬頭看向李乘風，竟沒有半點要起身嘔吐的意思。

李乘風本是要藉此折磨她，然此招已不再起作用——

她是何時又開始吃肉的？

「小郡王去世那時，姊姊曾讓我多吃些，說身體不好，許多事都做不成。我後來想想確有道理，遂改了挑食的毛病。」李淳一放下食盅道：「姊姊的款待，我很受用，多謝了。」

李乘風本要噁心她，她卻跟個怪物似的，將塞過來的一切全部吞下。

李乘風雙臂撐案，上身前傾，頓時帶給她巨大的壓迫感，她卻只抬起眸，波瀾不驚地看向對方。「身體不好做不成的事——我想其中大約也包括懷孕產子。姊姊當時實際要與我說的是這個吧？」

她頓了頓，不慌不忙接著說道：「天家後嗣單薄，因此姊姊與陛下寄希望於我為天家誕下子嗣，其實此事並無不妥，我亦能夠接受。原本我的確打算為天家生完這個孩子，便從朝廷裡消失，寄餘生於修道求仙……姊姊卻偏偏阻撓我修道，且大有殺雞取卵的架勢，似乎我一旦生下孩子便要置我於死地，便逼得人不得不多想、多謀。」

李淳一如此開誠布公，出乎李乘風的預料，平靜的臉落在李乘風眼裡，惹得她怒氣更盛。李乘風想起李淳一在山東做的那些事，恨不得撕碎她的臉，然最終忍了下來。

而李淳一之所以敢這樣，到底是料準了她在李乘風眼中仍有利用價值，哪怕只是身為一只容器的價值。

「狗被逼急了都會跳牆，又遑論人。」李淳一嘆息般說道：「如今陛下已經歸天，姊姊也將登上帝位，只求姊姊給我留一條路走，我便不再干擾姊姊的宏圖偉業。若能夠為天家誕下後嗣，我會與其斷了瓜葛，自行離去，交由姊姊撫養。然……」

她話鋒突轉，抬頭看向李乘風：「如果姊姊仍逼迫我，那屆時要麼玉碎，要麼我只有自己去爭出路了……」

李乘風伸手捏住她的下頜，眸光冷冷。「妳什麼時候也學會談條件了？」

「以往不會，將來也不再會，只有這時候……姊姊看到我的真心了嗎？」

「看不到！」李乘風倏地直起身，氣勢咄咄逼人，一臉氣急敗壞。「妳先是與賀蘭欽勾結，於淮南養士；後又借勢宗亭，將關隴收入囊中；去山東便與顏家糾纏不清，陷我丈夫於死地！妳當我是眼瞎嗎？妳要的真是『修道求仙』嗎！」

「那又如何呢？」李淳一穩坐著不動。「我這些雕蟲小技，姊姊一眼便能識破，我再撲騰，也不過是在陛下與姊姊眼皮子下撲騰，又如何能有大氣候？何況人皆有私欲，人心也善變，我這番折騰，大約也只能得一時之勢，是無法長久的，姊姊何須擔心？」

她話說到這個分上，恰讓李乘風想起遺詔上安排的「和離」一事。她與宗亭之間劃清界限，倒的確有可能斷了與關隴的瓜葛，但她太平靜了，平靜得好像成竹在胸，完全看不出憂懼。

這狀態令李乘風心中無端生出惱怒，恰這時，安靜的小殿中響起翅膀撲稜的聲音。李乘風耳朵一動，快步循聲走去，隔著紗幔霍地一把抓住那隻黑漆漆的烏鴉！

烏鴉迅疾地扭頭狠啄了她一口，沒料這一下卻將她徹底激怒了。

李乘風緊抓著那隻烏鴉不放，甚至將紗幔都扯了下來。烏鴉被紗幔覆遮，雙翅又被鎖死在李乘風手中，一時間竟是無法動彈，只有呱呱哀叫。

李淳一聽得聲音，心中已憋了一口氣，恨不得立刻起身上前將愛寵奪回來。

然李乘風抓著那烏鴉穩步走到她面前，滿眼惡毒地說道：「用這等晦氣的禽類互通消息，還真是配得上妳的城府。」她咬牙切齒地說著，忽然手下用力，竟然抓著烏鴉的翅膀狠狠撕下去。

慘嗚聲乍一響起，李淳一的心霎時被揪到了喉嚨。

烏鴉拚盡最後一點兒力氣與瘋狂想要掙脫箝制，另一隻翅膀卻也被撕裂。

那慘叫聲痛苦又絕望，李乘風卻忽然平靜下來，冷淡的目光移到李淳一驚駭的臉上，用毫無溫度的聲音，一字一頓與她道：「下月登基大典，同時會冊立元家嫡次子為新皇夫。想讓我看到妳的誠心，就與新皇夫好好待著，懷上孩子再好好地生下來。」

李乘風言行中處處透著壓迫，疾風驟雨般要將人捲覆其中，而李淳一自始至終視線卻未從烏鴉身上移開過。血順著好不容易重新豐滿起來的羽翼往下滴落，每一滴的落地聲似乎都清晰可聞。

李乘風顯然已經失控了，用力過猛的手止不住的顫抖，神情裡是難以掩飾的狠毒與暴戾。她忽然深吸一口氣，將重傷的烏鴉如廢物般棄在地上，壓著聲音接著恐嚇李淳一：「倘妳不夠誠心，下場便會與牠一樣。」

她言罷，板著一張病態的臉甩手出了門，緊接著殿門被重重關上，殿內便一陣閉滯，只有烏鴉越發衰微的哀鳴聲。

李淳一面上煞白，卻不是因為恐懼，而是憤怒。她跪地將烏鴉抱起來，用手巾熟練地壓住傷口給牠止血。烏鴉便逐漸安靜下來，躺在案上，任由李淳一為自己處理傷勢。

這時李淳一忽然低頭咳嗽一陣子，從外面便走進來一內侍。那內侍迅疾地與她交換神色，同時將案上的食盅、食盤收拾一番，躬身要走時，又瞥一眼李淳一抱著的那隻烏鴉，心領神會地彎腰退出去。

此內侍正是前一晚建議李淳一往中書省去的那位，他先前在東宮做事，此時被調來服侍李淳一起居。這會兒他捧著漆盤匆匆離去，不一會兒又帶著藥粉折返至門口，同侍衛道：「殿下有些不適，需將這藥送進去。」

侍衛乜一眼，打開門讓他入內，他便將藥粉遞給李淳一，站在一旁看著李淳一替烏鴉上完藥粉又包紮好，這才走近兩步，壓低聲音開口：「宗相公今早從關隴回來了，說是拿了一道陛下的遺詔，但內容不詳；賀蘭先生則早早地往山東去了，大約未能收到殿下的消息。」

李淳一抿脣不言，那內侍便問：「殿下可有什麼消息需要某帶出去？」

李淳一忽然俯身將染了血的衣料撕下來一塊遞過去。「將這個想辦法交給宗相公。」

內侍趕緊收好往後退一步，躬身說給外面的侍衛聽：「殿下若無他事交代，某便告退了。」

「走吧。」李淳一道。

內侍趕緊退出去，迎接他的則是灰濛濛的天氣。

宮中僅僅這一個晝夜，就好像已經翻天覆地；而皇城外卻似乎無甚變化，東西二市照常開，平康坊仍酒肉飄香，曲江聚滿了登舟遊覽的往來旅客，大雁塔仍崢嶸矗立，迎接即將到來的雨天。

大雨將早夏累聚起來的燥熱瞬間就澆滅了，天地間竟然有些陰涼。京官們先是獲知了皇夫離世的消息，緊接著到了傍晚，女皇賓天的消息也隨夏雨一併踏來，帶著點兒潮溼，和令人難以置信的恍惚感。

坊間開始掛白，喪事告於南郊，人們這才陸續知道宮中的噩耗。國喪拉開帷幕，長安城彷彿也回到了暮春時節，早晚都有些涼颼颼的，百姓們更是因為閉市閉坊，只能看著雨幕而無法出門。

女皇大壽之夜的狂歡彷彿就在昨天，才大半年的工夫，就猝不及防地迎來了噩耗。消息飛快地傳出秦川，傳到劍南酒肆茶鋪，傳到江淮田埂地頭……桑葉越發盛，春蠶卻已死。人們後知後覺地發現一個時代似乎就這樣過去了，然後感慨一番抬起頭，面對的仍是生計，煩惱猶在——又好像什麼都沒有改變。

皇城內只臨了三場，連哭都要求節制。一切循著禮制走，百官誰也不敢造次，但從頭到尾，吳王李淳一一次也未出現過。

有傳言說吳王是悲痛過度徹底病垮了，連露面參加喪禮竟也無法做到；又有說吳王是被太女囚禁於宮廷不得隨意出門，而王夫宗亭居然無動於衷，絲毫沒有要救吳王的意願。眾說紛紜，莫衷一是。

然實際與傳聞迥異——李淳一身體康健，以宗亭為首的幾位朝臣也以吳王必須參加喪禮為由，逼迫過李乘風放人；不過李乘風對此要求置若罔聞，在朝臣面前表現出無情的強勢，只責令宗正寺、禮部、太常寺、弘文館等盡快籌備登基大典。

宗亭承諾的三日期轉瞬成了泡影，他的烏鴉與李淳一都被困宮中無法脫身，但他好歹可以時刻留意宮內的風吹草動。

京城的雨停了，滿城蟬鳴陽燥，拖拖拉拉的春天總算徹底過去了。

將作監（註8）忙於陵墓的修築，宗正寺卿和禮部侍郎則整日為登基大典發愁。這日一大早，正在尚書省與幾個小官扯皮的宗正寺卿，忽被喊去了東宮衙署。

他本以為李乘風又要挑剔儀禮細節，備好了簿子等著悶頭記。然進得衙署，便見曾詹事等東宮僚佐都在，心裡頓時沒了底。

一眾人如雁隊般在兩邊跪坐著，只在中間留了個空位給宗正寺卿。宗正寺卿裝模作樣地對外甥女行了個禮，跪坐下來問：「不知殿下召臣過來有何要事？」

他說著，抬頭瞥一眼李乘風那張日益消瘦病態的臉，心中陡然一震。

外面夏蟬鳴，每一聲都透著煩躁。一眾人穿著薄薄的夏季官袍都不住的淌汗，而李乘風因為服藥，穿了厚重衣袍，臉上卻是一滴汗的痕跡也沒有。

前朝有位皇帝，因服食丹藥，最終變得喜怒無常且身長膿瘡，死時不過三十歲。

帝王顯貴們一邊反對卻又一邊無畏的重蹈覆轍，實在令人費解。宗正寺卿想著想著，思緒頓時岔了路。就在這時，曾詹事忽開口將他的神

註8　負責宮室、宗廟、陵寢等政府土木建築的機構。

思拽回。

「殿下召宗正寺卿來，是為冊立新皇夫一事。」

「啊？」宗正寺卿有些不合時宜地發出一聲質疑，又咕噥問：「哪裡來的新皇夫？」

曾詹事睇了眼道：「元都督不幸染病身亡，殿下又即將登基，國不可一日無君，後宮也不宜空著，皇夫之位總是要安排的。」

「哦，這樣。」宗正寺卿心裡稍稍有了底。「曾詹事說得是有道理，可有合適人選了嗎？」

曾詹事卻將問題反拋給他：「依宗正寺卿看，朝中上下可有人適合坐這個位置？」

宗正寺卿頓時為難。「這——不好說。」言罷抬起頭。「還是要看殿下喜好才是，身分倒不是最重要的。」他將決定權最終拋給李乘風。「一切都憑殿下決斷。」

話說到這分上便不必再兜圈子，李乘風定定神，給了結論：「那就擬書準備，冊立元嘉為皇夫，盡快遣人送去山東。」

元嘉？元信的親弟弟？宗正寺卿意料之中地愣了愣。由此可見，李乘風仍然沒有放棄元家這股力量。她這麼做，是要將搖搖欲墜的山東元家重新扶穩當哪！莫非是因為已故皇夫？

宗正寺卿忙領命道：「臣知道了，這就去翰林院擬書。」

要趕在登基大典前將制書送到元嘉手裡，時間相當緊迫，他說罷趕緊告退出了門。

新皇夫的人選已經明朗，山東卻還是一團迷霧。元信一死，顏伯辛立刻「霸占」了齊州府，代理都督事務。

元家儘管無法忍這事實，但畢竟剛查出貪墨大案，終究理虧，明面上不能與顏家硬碰硬地較量。

於是這迷霧下便是好一番暗鬥，顏伯辛緊鑼密鼓地調查元家的私兵，而元家也在暗處給顏伯辛下絆子，並往京裡遞消息，妄圖藉著新女皇的力量重新翻身。

而此時賀蘭欽到了山東。

他比預計的早到了兩日，抵達時，顏伯辛正與親兵商議密襲計畫。

顏伯辛聞得通報，中止了會議，令僚佐親兵們各自散了，親自走出去迎賀蘭欽，卻沒料他已經走到廊下。

已至午時，烈日炎炎，庶僕擦洗著地板，顏伯辛瞥一眼道：「不用洗了，送兩碗冷淘（註9）來。」

他囑咐完，這才真正看向賀蘭欽，一拱手道：「諫議大夫到此，某有失遠迎，還望見諒。」言罷便示意賀蘭欽進屋。

待二人都坐定，他才改了稱呼。「先生是吳王恩師，某也是站在吳王一邊，但願諸事能夠進行得順利。」

都說賀蘭欽足智多謀宛若神算子，便令顏伯辛有了試探之意。他毫無遮攔地說出結盟的話，是為先取得賀蘭欽的信任。

賀蘭欽卻端著回道：「某奉陛下密旨前來，自會鼎力協助顏刺史查清山東貪墨之事。」

顏伯辛接口道：「只可惜陛下已經賓天，也不知此事查清楚後要呈給誰看。倘若新皇心中有偏袒，辛苦調查的結果不過就是一沓廢紙了。」

他講這話，幾乎是認定李乘風會偏袒元家，甚至會對元家的事睜一隻眼、閉一隻眼，如此一來，之前所有的努力就全部白費了。

和心中無道理的人擺證據、講道理，一定是無解的。

賀蘭欽聽出他的擔憂，也聽出他在此事上的試探，先不急著答，從容接過庶僕送進來的冷淘，將筷子伸進去攪了攪，這才看向顏伯辛道：

註9　涼食的麵粉類食品。

「攪了之後，它仍是一碗冷淘，可見只攪並沒有什麼建樹。山東局勢亦是如此，吳王先前費力攪了一攪，但真正要翻天覆地——」他將陶碗端起來，低頭吃了一口。「還要吃下去才行。」

他安安靜靜地將一碗冷淘吃完，擦了嘴，抬頭再次看向顏伯辛。「顏刺史應當明白這個道理。倘某沒有猜錯，顏刺史恐怕已經在安排密襲，打算吞掉他們了吧？」

顏伯辛對他的精準猜測十分佩服，便索性將話說開：「這計畫是吳王還在山東時便籌謀的，她曾言『只讓元信垮臺並不足以動搖元家根基，除非讓他們再無指望』，而元家私兵現在應當握在次子元嘉手中，此次密襲，正是要毀了他。」

顏伯辛將密襲計畫與賀蘭欽說了七七八八，最後請教是否妥當時，賀蘭欽卻道：「再等等。」

他一臉的高深莫測，顏伯辛微斂眸問：「某想請教其中緣由，不知先生可否明言？」

賀蘭欽起身。「萬事俱備，但東風還未到。」漆黑瞳仁裡藏著對時局的拿捏把握，篤定到令旁人都信以為真。

但顏伯辛向來都是行動派，對這模模糊糊拖拉時間的回答並不滿意。「敢問東風是什麼？」

「方才顏刺史也說了，此舉是要滅元嘉，之後呢？太女一旦上位，難道對此事不會追究嗎？」他偏頭質問顏伯辛。

「屆時齊州府勢力便會徹底易主，在元家不占據主導的情況下，太女想要追究恐怕也會有顧慮，不會，也無法輕易對齊州府動手。」

「顏刺史這樣篤定是基於太女尚且理智的前提，但你可知她如今是怎樣的狀態？」賀蘭欽繼續道：「太女服食丹藥已有七、八年之久，如今脾氣越發變得不可控，不理智起來哪裡還會管許多？」

顏伯辛眸光中悄然滑過一縷黯然。

賀蘭欽接著道：「元嘉對太女意味著什麼？依太女一貫的作風和與元家的交情，元嘉極可能是下一任皇夫。倘若這時太女接到元嘉死了的消息，你猜她會怎樣做？屆時大約不會管證據、局勢，應會將所有火氣都撒到顏、崔兩家身上，宮裡的吳王恐怕日子也不會好過。」

「依先生的說法，元嘉倒是不能死了？因他一死，太女就暴怒，我們便都沒有好下場？」

「他當然要死，但不要讓京中知道。」賀蘭欽抿脣轉過身，補充道：「多等幾日，屆時我們再坐下來商量。」

他說完便拖著風塵僕僕的身體走出了門，由執事帶去休息了。

而這時，京中冊封新皇夫的制書已從中書省發出，快馬加鞭疾馳在通往齊州府的驛道上。夏日天燥，鐵蹄飛馳而過，驛道上濃塵如煙，使者至驛站都不敢停，只為最快將制書送達齊州府元嘉手裡。

至河南道，幾個使者實在又累又渴，這才在驛站停下來補給了一些。驛丞將水囊遞過去，留意了一番這幾人的服飾規格，問：「幾位郎君是往哪裡去？」

一使者回道：「往齊州府去。」

那使者接了水囊正要走，驛丞夫人又拿著乾糧走出來。「東邊才遭過災，這些肉乾帶著途中吃吧。」

那使者自然不拒，拿過來道謝兩句就往外走，驛丞夫婦便到門口送他們離開。

趁著庶僕去牽馬的當口，驛丞夫人隨口問：「往齊州去可是喜事嗎？」

「妳如何猜得？」使者面上明顯少了幾分生疏，多了些笑意。「還真是喜事，殿下將登基，山東又要出皇夫啦。」說著轉過身，接過庶僕手中的韁繩，同驛丞夫婦潦草道了個別，便與同僚重新上路了。

他的話雖未講明，但驛丞夫婦心中已有了數。因此這幾人前腳剛走，便有報信庶僕騎馬出了驛所，緊隨其後往齊州去了。

就在這幾位使者抵達冀州之際，報信庶僕早他們一步到了更東邊的齊州都督府。

顏伯辛與賀蘭欽終於等來他們的東風。

廊廡下，一條小黑蛇肆無忌憚地蜿蜒進屋，最後爬到賀蘭欽腳邊停下來。正與賀蘭欽商量最後細節的顏伯辛有些厭惡地睨一眼，下意識地皺了皺眉，聽得賀蘭欽接著方才的話題道：「此事已無後路，成王敗寇皆在今晚，顏刺史可是做好準備了？」

顏伯辛聽完並認同了賀蘭欽的計畫，起身頷首道：「齊州府事務就暫時拜託給先生了。」

此時外面天色漸暗，空氣裡蘊含著潮氣，大有山雨欲來的架勢。夜空無星無月，正是動手的好機會。顏伯辛率親兵自州廨出發，一路奔至元家兵營。

主力部隊不出動，只遣出一支騎兵打頭陣。數支火箭落入營內，如投石入湖，頓時激起了漣漪，兵營內騷亂驟起。

穩坐帳中的元嘉此時聽得手下來報，陡然皺了眉。「查探清楚是誰偷襲了嗎？」

那校尉回道：「尚不知對方來歷，但已遣人出去探虛實了。依某所見，恐怕只是幌子，對方兵力應當不多。」

「先穩住下面的人，不要自亂陣腳，給了乘人之危的機會。」

那校尉得令即刻告退，這時元嘉身旁那個姓方的副將道：「會不會是顏家的人？」

元嘉聞言，怨憤道：「顏家得寸進尺，當真是可惡至極！阿兄已死在他們手裡了，他家到底還要什麼？這個仇我早晚要報！」

方副將在一旁扇風點火道：「倘若今晚顏伯辛也來了，將軍不如藉此了斷了他。他這偷襲名不正、言不順，倘若不幸死了也只好自認倒楣，有苦也沒法說。」

元嘉心頭微動，但仍然坐著。

這時又有一校尉衝到帳外稟道：「將軍，似是青州的府兵。」

青州？那就是顏伯辛的親兵無誤了！這廝竟敢自己找上門來，簡直尋死。

元嘉霍地起身，方副將也跟著站起來，並問帳外校尉道：「他們的領頭可是顏刺史？」

校尉回道：「似乎是的。」

方副將趕忙對元嘉道：「這就對了，顏伯辛近來查得毫無進展，估計是狗急跳牆，竟然找上門來挑釁！將軍，此時正是除掉此害的好機會哪。」

方副將極盡攛掇之能事，而元嘉又是血氣方剛的年輕人，心中揣著殺兄大仇，又加上近來被迫收斂帶來的憤懣，怨憤瞬時就被點燃起來。

他拿過案上盔甲便往外去，氣勢洶洶道：「我要讓那姓顏的死無葬身之地！」

隨後副將安排親兵跟上，一眾人便冒冒失失出去迎戰。

然出了營，顏伯辛一隊卻忽然消失，周遭一片寂靜，彷彿剛才全是誤報。可元嘉這時心中怨火已完全燃著，哪裡肯放棄這機會？遂立刻遣人搜尋追擊。兵力一下子散開，遣派出去的情報兵也遲遲不回來，元嘉越等越是心焦，扭頭對方副將道：「你再遣人去看看。」

方副將卻不顧元嘉的指令，杵在原地不動，只耳朵動了動，似在努力辨聽聲音。忽然，他看向元嘉的目光瞬變，同時也握緊手裡的刀。「不必去看，他們回來了。」

雜沓的馬蹄聲驟然傳來，元嘉霎時回過神，卻從方副將的神情中讀出了反意。他連忙扭過頭，對身後留下來的兵道：「此人要反，本將命你們將他抓住！」

可身後的兵只靜靜站著，分明不敢向前也不願向前！

元嘉年少，且又初掌元家軍，號召力遠不及元信，親兵們竟更願意相信跟隨多年的方副將！

方副將此時已經眺見往這邊趕來的顏伯辛及其府兵，凌厲目光瞬轉向有些驚惶的元嘉，忽然舉起刀，以迅雷之勢朝他劈下去。

後邊的兵看得呆了，他們萬沒有想到方副將竟會這樣直截了當地解決元嘉。

而這時顏伯辛率府兵才真正到了，方副將霍地下馬單膝一跪。「已是妥當了。」

顏伯辛瞥一眼元嘉的屍體。「鎧甲取下來，屍體處理掉。為免走漏風聲，你的這些手下暫時不能回營，先由我收編，可以嗎？」

方副將回了一聲「喏」，就緊鑼密鼓地安排起來。待顏家府兵及俘虜都撤走，原地便只留下顏伯辛、方副將及一套屬於元嘉的鎧甲。

方副將捧起那沾了血的鎧甲遞過去。「請刺史盡快換了吧。」

顏伯辛換好甲衣，頭盔幾乎將臉遮去了。方副將在一旁看了看。「好在顏刺史身形與姓元的像極了，只要不出聲、不露臉，此計應是行得通。」

「若有人問起，清楚怎樣答嗎？」

方副將回道：「將軍追剿反軍途中不巧受了傷，面有毀損，不便露面。」又妥貼地說：「假面某已經備好，屆時戴上即可。」

此時夜幕越發低沉，風中蘊含著潮溼的血腥氣。顏伯辛隨同方副將進了軍營，眾人只知將軍親自出面小打了一仗，但可能是吃了敗仗，不好意思說——

因將軍不但受了傷，且帶出去的兵也未能夠帶回來，確實十分丟臉。

因有方副將陪在一旁，眾人雖覺得有些奇怪卻不敢多質疑。至五更天，沉甸甸的雨總算落下來，朝廷的使者也到了。

顏伯辛戴著假面見了朝廷來使，以元嘉的身分接了制書。那使者恭喜他之後又另外叮囑：「時間緊迫，請將軍趕在殿下登基前盡快進京。」

顏伯辛只應了一聲，餘下的話便交由方副將去談。

方副將與使者道：「將軍近來頻遭刺殺，為保將軍安全，應有衛隊同行。」

「帶兵進京？」使者面上流露出一絲為難來。

「倘因沒有衛隊保護，將軍在途中出了什麼事，屆時要與殿下交代的可不是我們，而是你們。茲事體大，你們交代得起嗎？」方副將眼一瞪，面上現出十足的強勢來。

那使者被嚇了一跳，瞥一眼受傷到只能遮臉的顏伯辛，只能點頭。

顏伯辛見狀轉身離開，方副將緊隨其後，顏伯辛忽遞了張字條給他。

「速報與宗亭。」

有些事成敗與否全在於速，譬如賀蘭欽與顏伯辛的李代桃僵之計，一旦落實過程中遭遇耽擱，便漏洞百出，最終很可能落得一敗塗地。

好在登基大典在即，使者恨不能立刻回去覆命，哪還能容他們再拖延？於是乎，只安排了另一名使者去元家通知，而元嘉本人竟是連家也不必回，攜兵帶傷的，一行人倉促用過午餐就浩浩蕩蕩出發了。

元家近來因頻繁被查已是收斂許多，元信、皇夫接連去世，對他們更是不小的打擊，而喜事這時到來，元家上下多少舒了一口氣——因這意味著元家仍有庇護。太女一旦即位，冊立了新皇夫，元家便又可揚眉吐氣了。

元家人擔心倉促上路的元嘉能否順利抵達長安，身為一家之主的老太太忍不住問：「可有人陪他去？」

執事回道：「方副將陪同，又帶著五千精兵，穩妥得很。」

老太太這才鬆口氣，期盼這僅存的嫡孫能夠安全抵京，為她元家再謀榮光。

長安城的夏日來勢洶洶，熱烈的日光與大風將城中堆聚的陰霾都拂散。

按大周制，帝王陵寢應在死後營建，因此下葬基本是在三個月之後。這便意味著太女登基之時，女皇及皇夫的靈柩仍是沒有下葬的。而本朝國喪並不禁嫁娶，太女冊封新皇夫便無可厚非。在相關衙署為這數十年才得一見的登基大典及冊封大禮忙得不知東西之際，朝中因為權力更迭帶來的悲苦與傷感氣氛已是一掃而空。

眾人熱火朝天地籌備著大典，掖庭內卻冷冷清清。李淳一住在多年前居住的小殿裡，彷彿回到幼年時，好幾次午夜夢迴，都驚出一身冷汗，坐起來回過神，卻只有身旁烏鴉的低鳴及屋外夏蟲不知倦的叫聲，分明又與幼時不同。

北向的屋子常年陰冷，在這夏日裡也不例外。窗外慢慢亮起來，她下榻刷牙洗臉，臉被冷水逼出一些血色。她緊接著替烏鴉換完藥，轉頭就聽到外邊的腳步聲。

殿外侍衛沒多過問，可見只是例常的送餐。殿門打開，晨光迫不及待地撲進來，還是那內侍，捧著盛了飯菜的漆盤走到案前，將食物放下後，雙手收進袖中，道：「請殿下用早膳。」

李淳一坐下來，不聲不響地吃飯。此時距太女登基大典只剩一日，等明早太陽升起，大典結束，皇位就會徹底易主，局勢便再難更改。內侍朝她看過去，卻並未從她臉上捕獲到慌亂與茫然。

內侍她吃完，內侍上前收拾杯盤，壓低了聲音向她傳達道：「元嘉昨日過了潼關，今日中午就會到。」他說完將空盤子重新放回漆盤。

李淳一抬眸問了一句：「相公那裡可有動作？」

內侍小心回道：「風平浪靜。」

李淳一斂眸不再出聲，只起身抱過烏鴉往殿門口走去。此時殿門難得大敞著，李淳一走到門口，侍衛立刻警覺起來，怕她要出逃似的，連忙握緊了腰中的劍。而她不過是站在原地，抬頭看天色。

夏日的燥熱在不斷累積醞釀，然晨光渾濁，風裡蘊含著泥土氣息，天際是白茫茫的一片。

或許明天，長安百姓未必會見到太陽升起的壯景。

內侍端著漆盤迅速離了殿，侍衛們立即關上殿門。

殿內重新陷入昏昧，而宗宅這時卻暴露在慘白日光下，明媚又燥熱。

宗如萊去井邊打了一盆水，寶貝似地將一碗熟透的楊梅泡進去，剛打算去廚舍尋一些酸酪，卻見執事腳步匆匆地往宗亭房裡去了。

宗如萊心中騰起一些預感，他總覺得有什麼大事要發生。

外界都傳宗亭將與吳王和離，但宗如萊是不信的。他們二人之間的情誼似已超越尋常的男女愛欲，難割難捨，和離應只是權宜之計；傳言所說的「宗亭對吳王被困一事冷漠至極」如今看來也一定是假的，因宗亭這陣子與外界的走動並不少，宗如萊甚至能夠確定宗亭正為營救吳王籌謀著什麼要緊事。

或者，這件事比他預想的還要大。

這時執事進了宗亭房間，宗亭攏著一盆小菖蒲靜靜地聽他講話。執事道：「太女的醫案在左春坊藥藏局，紀御醫抄了近期的一部分送了過來。」說罷，將抄錄的李乘風醫案遞到宗亭面前。

宗亭翻開來瞥了一眼。「紀御醫如何說？」

執事道：「太女近日來似乎都避開藥藏局、太醫署求醫，紀御醫無法親自診斷。」

「東宮呢？」

「東宮的消息是，太女已有近一個月未召過人侍寢了，且也不輕易讓人近身。」執事如是回道：「對外只說要為先帝及主父守喪。」

這藉口太蹩腳，別人守喪都可信，偏偏擱到李乘風身上就十分奇怪。避開宮中藥藏局求醫已是一重疑點，突然禁慾又是一重疑點。宗亭騰出一隻手來翻完醫案，心中大約有了數。

他合上醫案，抬首問：「掖庭有消息嗎？」

「沒有。」執事頓了頓。「千牛衛謝中郎將這會兒在西廳候著，可要領他過來？」

沒有消息便是最好的消息，只是要委屈李淳一在那陰冷的鬼地方再待上一晚了。宗亭忽將手裡的小菖蒲放回案上。「讓他來。」

謝翛這時已等了有兩炷香的工夫，執事喊他過去時，宗如萊恰好端著楊梅要送去給宗亭。謝翛瞥了一眼那來自南方的希罕物，又看宗如萊一眼。「你便是宗相公的小叔父嗎？」

宗如萊點點頭，示意他先入內，自己則在外等著。

宗亭聽到動靜，卻說：「三十四叔也進來吧。」

謝翛疑惑地又看他一眼，隻身踏進門檻，宗如萊這才跟了進來。

宗如萊進屋後放下楊梅就要走，宗亭卻說：「你留下聽。」隨即抬頭對謝翛道：「今晚元嘉便到，太女會設宴招待，屆時左右千牛衛、東宮內衛值宿宮禁，該準備的都要準備妥當，此事就交給你了。」

宗亭給出了十足的信任，謝翛十分受用。東宮內衛負責太女安危，是太女勢力的心腹所在，在這堅壁中鑿出一條路來相當不易，然宗亭做到了。

他的策略一向是挑次要人物收買，一來他們容易收買，二來這些人往往能在關鍵時刻提供最有力的支持。何況女皇先前在東宮內衛中同樣安插過心腹，如今女皇死了，這些眼線便徹底落入宗亭一人手裡。

李淳一被軟禁於掖庭，那裡正是由東宮內衛看守，要說救一定能救出來，但那樣便會暴露眼線，並令李乘風起疑。一直靜候著不救，是為了讓太女篤信東宮內衛仍是足以信任的心腹。

謝翛又與宗亭溝通一些細節，宗如萊在一旁聽得心驚。十幾歲的少年，人生中還未遇過如此膽大包天的謀劃，待謝翛告辭了，他還是沒能回過神。

「三十四叔。」宗亭一句話將走神的宗如萊拽回來，他緩緩斂眸，最終闔上了眼。「我不是教你這樣做事，我願你永遠不必面對這樣的事，但遇上了也不用害怕，清楚自己要的是什麼，你自然會知道要怎樣做。祖父已無精力再理事，分家的無理取鬧需要人扛著，朝堂上你若有想法也得自己去爭，這擔子我得真正移給你了，你害怕嗎？」

宗如萊愣了愣，卻立刻換上堅定眸光，筆直地站在宗亭案前。「不怕。」

「那很好。」宗亭說著起身，將案上楊梅推過去。「楊梅送來就是給你吃的，拿回去吧。」

臨近中午的宗宅仍是安靜的，宗國公坐在廊下聽小僕替他讀書，宗亭洗了個臉出門去中書省，天空仍然慘白一片，有風，但還是悶熱。

蟬倦了，到下午時分更是一點兒力氣也沒有，竟是歇了下去。浩浩蕩蕩的元家軍隊進了長安城，但只能在朱雀門外止步，唯有幾位使者及「元嘉」能夠繼續往裡行過天門街，再抵達巍峨宮城。

龍首原上的新宮殿就快要落成。有傳聞說太女繼位之後，不日將遷至新宮城，舊宮城從此就只能抱著那些亂七八糟的事情沉寂下去，再無人問津。

然登基大典仍在舊宮城，太女召見新皇夫亦是在這裡。

暮色迫近，空氣裡的燥熱卻不減，兩儀殿的筵席早已經備好，禮部也趕在承天門鼓聲敲響前送來了新帝王及皇夫的禮服。禮服奢侈地呈放在長案上，在宮燈映照下顯得分外奪目。

內侍略顯尖利的傳報聲傳來，正是「元嘉」到了。

李乘風極少出關中，而元信這位弟弟一直養在山東，因此李乘風只見過幼年時的他。內侍傳報聲落，昏燈籠罩下的殿門口出現了一位高䠷的華服青年，面上則戴了一只精巧面具，將大半張臉都遮去了，正是喬裝的顏伯辛。

李乘風抬起頭看過去，他走進來俯身行禮。「臣見過殿下。」

「聽說你在山東受了傷，所以遮了臉？」李乘風下意識伸手去執酒盞，但在碰到盞壁的瞬間就驚醒般地抽回手。

這是戒酒之人下意識的反應。她刻意避酒，是當真如宗亭所言「中丹藥之毒已深」了嗎？站在門口的顏伯辛敏銳捕捉到她的動作變化，隨即又聽她說：「在我面前不必遮掩，摘了吧。」

顏伯辛道：「殿下不介意，但臣十分在意，就容臣養好傷再摘吧。」

李乘風抬眸將他打量一番，也不再執著此事，指了一張小案道：「坐。」

顏伯辛聞令坐下，面前美酒佳餚滿案，是極盛情的款待，但其中卻藏著太女的齷齪心思。顏伯辛目光警敏地一一掃過那些酒菜，袖子裡卻捏緊字條。方才進來前，遭遇一位行色匆匆的內侍，那內侍撞了他，同時往他手裡塞了字條。

一來是傳達宗亭的安排，二來是讓他千萬不要飲酒。

因此顏伯辛用飯期間，碰也未碰那盞酒。旁邊一老成的內侍問：「將軍為何不飲酒呢？」

「飲酒加重傷勢，而我指望這傷快些好。」他瞥一眼那內侍，同時又將這有理有據的回答透過目光傳達給李乘風。

李乘風顯然是要他飲那酒的，她甚至預備好了讓元嘉今晚就在掖庭過夜，陪一陪她那被關了將近一個月的妹妹。

但她這時只道：「明日要穿的禮服都已妥當，你先試試。倘有不合身之處，還能連夜叫他們改。」
顏伯辛卻問：「殿下的試過了嗎？」
「沒有。」
「那就一道試吧。」顏伯辛面具後的目光灼灼。
李乘風聞此言竟然笑了一笑。「你這樣著急嗎？」

外面熱極了，燥得人犯睏，東宮六率中一個副率卻有些焦慮地在廊下踱步，他皺著眉，腦海中劇烈地回憶思索著，最終步子停了下來，拍額道：「有鬼，其中有鬼。」
說罷，他瞥見另外一個副率，趕忙三步併作兩步追上去，定定神問那副率：「某先前見過元二郎，他手背上有一道相當可怖的疤，人的疤應是不會無緣無故沒的，今日來的那位萬一不是元二郎要如何是好？」
那副率睨他一眼。「指不定有神藥呢？」
他搖搖頭。「不會，我覺得有鬼。模樣、身形乍一看很像，但細想還是有差別。」
那副率聽得他這樣說，神情頓時變得緊張起來。「那要趕緊通報給殿下才是。」
兩人一合計，加快了步子趕緊往兩儀殿去。

而這時顏伯辛卻端著酒盞走到李乘風面前，隔著長案不顧僭越地俯身看向她，脣邊勾起魅惑微笑。「臣的確有些迫不及待，阿兄曾多次與臣講過殿下的好，臣也仰慕殿下多年……」聲音低下去，同時挨得她更近。「仰慕得都快要瘋了……」

李乘風精神有些不濟，闔上雙目卻又乏力睜開。「是嗎？那將酒喝了，不要管什麼傷疤，我送你去個好地方睡覺，明早起來你就是這宮城新的主父。」

這時殿外靜悄悄，彷彿一個人也沒有，連內侍都悉數退下了。

顏伯辛輕抬起她下頷，面具後的目光灼灼盯著她，脣邊笑意更深。

「為何要去別的地方，在這裡睡不可以嗎？」

他將頭湊到她耳畔，將吻未吻，手卻探進她寬大的袖子裡。夏日衣裳單薄，皮膚便觸手可及，就在李乘風要制止之際，顏伯辛卻在她小臂上摸到了潰爛的膿瘡。

顏伯辛迅疾縮回手，目光垂落到李乘風頸間，聲音柔緩：「殿下這是受傷了嗎？」藉著燈光，他捕捉到她領口處的一點兒蛛絲馬跡，瘡毒明顯已發至多處，情況比預計中嚴重得多。

李乘風不答，攏袖強打起精神，反命他道：「不要在我跟前晃，不想飲酒就先試了衣服再說。」說罷，喚外面的內侍進來：「領元將軍去試衣服。」

她聲音不高，外面內侍似乎沒有聽到，竟然沒有一人進來。李乘風疑惑地抬頭，正要起身時，外面卻響起了雜沓的腳步聲。

顏伯辛初聽那聲音，還當他們是提前了行動，可細聽卻很不對勁。外邊起了爭執，隨後一副率趁亂闖進來，看見李乘風就撲通跪下。「殿下，臣冒死進言——」

他隨即抬頭指了顏伯辛道：「此人恐怕不是元將軍啊！」

李乘風聞言倏地抬頭，顏伯辛此時就站在她案前，居高臨下且沒有絲毫被戳穿的慌亂。

李乘風看向那副率。「卿何出此言？」

副率盯緊了顏伯辛，這時越發肯定他是假冒貨色，因此極為確信地辯道：「末將去年到山東有幸得見過元將軍，記得元將軍手上有疤，而他沒有；口音雖是一樣，但聲音有差別。且他非要遮著臉，其中本身就有鬼！」

面對來勢洶洶的懷疑，顏伯辛卻像聽了無稽之談般輕笑一聲，這才不急不忙回道：「有鬼？一路同來的方副將你總該見過，還有千名元家軍。試問若我是假冒，又如何順利瞞過他們，到了這裡呢？」

那副率被他這麼一問，腦中急速地想著。方副將他的確見過，且那確實是本人，千名元家軍也不會有錯，可是……

他霍地抬頭，與李乘風道：「殿下，末將聞他一路上都躲在車駕內不輕易見人，若方副將被收買或被脅迫，也未嘗不會替他圓謊打掩護，末將只怕這是早就設好的陷阱哪！」

該副率護主心切，見李乘風這時就在顏伯辛的控制範圍內，甚至不顧場合霍地起了身，逕自衝過去就要與顏伯辛廝打。

這時顏伯辛卻迅疾閃避，轉身出手一把遏住李乘風的脖子。

副率一驚，連忙拔出腰間的佩劍就要朝他砍去，顏伯辛卻已是靈活避到李乘風身後。李乘風被他緊緊掐著咽喉，一口氣無論如何也喘不上來，但因瀕死的危險而蓄積起一股不容小覷的力量，正要屈肘朝顏伯辛擊去時，卻被顏伯辛搶先一步鎖死了手臂。

顏伯辛手背青筋暴突，額顳亦是緊繃。現在還未到約定的時間，他一時也無法傳達信號給援兵，控制太女的同時又要面對來自副率的攻擊，外面爭執還未結束，隨時有人會衝進來，他的處境越發不利起來。

「宗相公！」顏伯辛忽然大聲朝殿門口喚道，副率聞聲一愣，猛地掉頭去看，顏伯辛趁機側身一腳將其狠踹在地，緊遏住李乘風的同時奪過了副率的劍，死死橫在李乘風身前。

門口空空蕩蕩，壓根沒有宗亭的身影。

那副率一時爬不起來，聲音異常高亢地朝外喊：「刺客！快抓刺客！」

內侍與侍衛後知後覺地衝進殿內，卻只見李乘風被顏伯辛牢牢控制著，因為長時間的缺氧，她精神氣竟是快要散了。

這時李乘風鼻翼微弱地翕動著，眸光裡閃現出無可奈何的不甘來。就在侍衛打算去取箭時，太極殿外的鼓聲響了起來。

約定的時間到了！

殿內眾人忽聞紛雜的腳步聲迫近，來勢洶洶，令人一震。內侍、副率等人皆以為是東宮內衛到了，彷彿盼到了及時雨，然而領頭的是千牛衛中郎將謝翛。

其中一內侍只當是千牛衛前來救人，高喊：「有刺客！快救駕！」

謝翛卻未應，攜手下浩浩蕩蕩闖進了殿。

看到謝翛，顏伯辛痠痛的手幾近抽筋，這時緊繃著的額顳處也短促地鬆弛了一下。

內侍們仍搞不清楚狀況，只見謝翛走上前忽然拔刀朝那副率砍下去，血濺大殿。

殿內驟然冷寂下來，內侍們不敢出聲了，侍衛們也察覺到不對勁，因這時外邊腳步聲越發密集起來，且根本不是護駕，倒像是來圍困他們的。

反了反了，都反了！」內侍認清形勢，撲通跪地。幾個內侍接連跪了下來，聲也不敢出，膽顫心驚地想要為自己保一條命。

顏伯辛鬆了手，本來精神就不佳的李乘風頓時癱倒在地。

他俯身攬起她的頭，面上似有厭惡之色一閃而過，隨後抬手取下假面看向她。「殿下的身體與目力真是不再適合坐這個位置了，沒有認出我來嗎？」

李乘風抬眼看他，視線卻模糊。她妄圖恢復，然此時脣色發青、臉色慘白，連呼吸都覺得痛苦。周身膿瘡的潰爛似乎也在加劇，是一點兒力氣也沒有了。

顏伯辛鬆開手的同時，她的後腦就逕直磕在地板上，鈍悶的碰撞聲經由頭骨及耳膜交織傳來，模糊視線裡只有搖曳的昏光與孤獨的殿梁。

叛變的東宮內衛此時將大殿圍了個水洩不通，所有目睹此事的宮人及侍衛被一一帶走。

鼓樓的聲音落盡了，深更半夜，通往掖庭的安福門卻出乎意料地打開了，宗亭僅帶了十來個侍衛進了橫街。這時候掖庭內連燈火也寥寥，因沒有月亮的關照，路都一片漆黑。

宮人們都在沉睡，無人知道高牆東邊的太極宮內發生了什麼。

李淳一靜候著一場大雨的到來，輾轉反側之際，外面卻悄無聲息，連夏蟲都安分下去。

忽而，腳步聲傳來，漆黑的夜裡瀰漫起血腥氣。殿門倏地被打開，懸於廊下的一盞燈籠映照出數片陰影。人影幢幢，恍如很早前的那個夢，李淳一猛地自榻上起身，宗亭迎面走來，她甚至無法看清他的臉，但還是認出了他。

宗亭默不作聲地走到她面前，站定伸出手，輕攬過她後頸，溫暖的指腹熨貼著她發涼的皮膚，隨後將她攬到自己身前，貼近自己的心。

從冬到夏，跨越了幾乎半年的時間，想將心掏出來給對方看，此時這樣遇見，面對彼此，又分明不需要再贅言強調。他救她，亦是在救自己，他低頭緊貼著她耳側，閉眼容自己緩解一會兒內心的空洞，便開口：「還有事要做，妳隨我來。」

他說著用力握住她的手，同時抱過尚未痊癒的烏鴉，帶她出了殿。

沿著廊廡往東走，高牆之後便是太極宮，近千尺的步行，李淳一逐漸從昏沉的狀態裡醒來。她抬頭看天，感受著風的方向，忽然開口：「要下雨了。」

她不過問太極宮內到底發生了什麼，只因宗亭讓她去，她便去，給出的是十足信任。

此時太極宮兩儀殿內，一行人正收拾著殘局，聚集起來的衛隊這會兒重新各就各位，地板上的血跡被洗得了無痕跡，奄奄一息的太女也被安置回寢宮，這一夜重歸平靜，彷彿什麼都沒有發生。

多的是不知情者，在睡夢中等待明日一早的新君即位大典。

宗亭逕直將李淳一帶去李乘風的寢宮。門口守衛比平日裡還要森嚴，門內站著一個瘦高背影，這時聞得外邊腳步聲，轉頭去看，即看到了宗亭與李淳一。

「顏刺史？」李淳一認出他來。

顏伯辛短促應了一聲，同時又瞥向久違的宗亭。「紀御醫剛剛到，還在診脈。」

宗亭回看他一眼，偏頭與李淳一道：「殿下先進去吧。」

李淳一隻身往裡走，迎面遇上診完出來的紀御醫。紀御醫躬身與她行了一禮，止步小聲道：「顏刺史下手很重，原本還能拖上半載，這下子應是熬不過今晚，但諸事以防萬一，若明晨仍沒有斷氣——」

他說著摸出一只藥瓶遞給李淳一。「就看殿下的決斷了。」

言罷，紀御醫告退往前行，走到宗、顏二人面前將方才的話重新稟了一遍，又說：「此時距天明只剩一個時辰，兩位可是要在這裡守著？」

說著看向西側偏殿，宗、顏兩人便一前一後走過去。

臨窗擺了張案，一內侍忐忑地前來送了茶水。顏伯辛伸手去倒茶，手卻因為長時間的過度緊張而發抖，於是宗亭低頭取過水壺，替他倒了一杯茶水。

「依相公看，殿下會在此事上心軟嗎？」顏伯辛盯著那杯子注滿茶，又抬頭問宗亭。

宗亭不著急說話，逕自倒了一杯茶飲下，這才睨了一眼顏伯辛：「她清楚自己要什麼。」即將成為一國帝王的人，倘若還茫茫然，又有什麼資格坐上那個位置？

顏伯辛不落痕跡地笑了一笑，宗亭乜他道：「笑什麼？」

「慶幸你沒有被她毀了。」顏伯辛放下茶杯。「我早年在國子監遇見你們，總以為你這一生都要廢在她手裡，再也無法活成自己的樣子，之前又聽聞你因她而殘疾的消息，更是覺得這證實了早年那些揣測。但你最終還是選擇了關隴，為了坐穩那位置甚至不惜和離。你心中除她之外，似乎仍存了些別的野心，為了西疆百姓嗎？」

宗亭極平淡地給了個笑容。「西疆安定，受益者是百姓，也是殿下。」

他笑顏伯辛強行將「心懷抱負」與「忠誠君王」這兩者割裂開來，逕自又飲了口茶。

顏伯辛心領神會，卻又緩緩道：「但你到底為她放棄了宗家，換作是我的話……」他脣角抿了一下。「做不到。」

「你不必做到。元家倒臺，正是顏家重整旗鼓的好時機，在男女情愛和家族大業面前，後者顯然更符合你的野心。」

宗亭不疾不緩，幾乎將話點透。他何嘗不知道顏伯辛對李淳一私藏了情愫，但顏伯辛構不成威脅，哪怕他與李淳一和離了，兩人之間也不會有顏伯辛什麼事。

倘若之前他還因為摸不透李淳一的心患得患失，一路走到現在，他已十分清楚李淳一及自己的心思。他們二人都受累於長情，傾心便移不動，只能牽絆彼此，一起走完這一生。

窗戶外一副將明未明的樣子，雨淅淅瀝瀝落了下來。

殿內被雨聲襯得更顯出安靜，主殿隱約傳來了痛苦的低吟聲。

內侍小心翼翼地從主殿繞進來添茶，顏伯辛抬眸問他：「殿下這會兒還好嗎？」

那內侍聞聲一愣，捧壺的手不由得一哆嗦，不知顏伯辛是問吳王還是太女，只好回道：「吳王殿下正守在太女殿下榻前，並未有什麼大動靜。」

他甫說完，案上棲著的烏鴉卻忽然低低地「呱」了一聲，將他嚇了一跳，他盯住那裹著紗布的黑禽，嚥了嚥口水，抱緊壺趕緊就跑了。

顏伯辛扭頭看看這隻身負重傷的烏鴉，自顧自般地說道：「李乘風傷的嗎？她可真是病入膏肓了。」說罷抬了頭。「若她早年間沒遭遇那回事，或許也不至於落到今日這田地。」

他提這茬時，主殿內的李乘風與李淳一也不約而同想到同一件事。人近臨終，往往只有印象深刻的事才會重新浮現。李乘風興許察覺到了自己大限將至，呼吸都帶著痛苦，瘦骨嶙峋的手死死抓著李淳一的袍服，露出來的一截小臂上，瘡口已經潰爛得驚人。此刻她腦海裡盤旋不去的正是經年惡夢——歷經陣痛產下的孩子，卻是一個早已經死掉的怪物。

雖未足月，血汙中那孩子的臉已經成形，獨有的一隻眼睛長在前額，連鼻子也沒有，細瘦的手腳蜷著，一點兒聲息也無。婢女不顧禮儀，驚魂失魄地尖叫著衝出殿門。接生的女醫冷汗涔涔，嚇得趕忙要將這早早死去的怪胎包起來，她卻已是撐著坐起來，看到了那胎兒的真容。

胎死腹中就已是打擊，將他生下來，看到這樣慘烈又駭人的一幕，於產婦而言則是再也揮不去的惡夢。皇室產怪胎是不祥之兆，女皇最大限度封鎖了消息，同時也對酗酒的她失望透頂，遂將重心悉數移到太子身上。

恰好碰上山東局勢緊張，元信無法留京陪伴，便更無人約制管束她。那陣子她十分頹喪，酗酒越烈，常常醉得不省人事，亦開始了荒淫無度的日子。偶然一次，碰上南方來的得道高人，得以開解後忽然搖身一變，竟然重新振作起來。

丹藥給了她力量，也給了她人生一線嶄新的希望。她恢復一貫的行事作風，比之前更甚——拋開細碎又沉重的悲情，扔掉牽絆與負罪感，只剩下了無限膨脹的權力欲。她報復般地將得寵的兄長從高位上狠狠拽了下來，對皇位的覬覦亦越發迫切。

丹藥同樣也成了依賴及痛苦之源，越縱情越歡愉，清醒了癱坐下來時，心中就越空茫。沒有多少事能填平自己的心，冷血背後是越發空洞的軀殼，打不起一點兒精神。她在人前仍然風風光光、野心勃勃，而這勉力的維持在藥效退去、獨自一人蜷在榻上時，才徹底坍塌下來。

人生走到這時，什麼都將灰飛煙滅，才回想起為人的限度來。

李淳一在榻旁坐著，聽那痛苦的低吟聲越來越弱，面上卻沒有分毫動容，因對李乘風而言，旁人的諒解其實早已於事無補。人生因果，都必須自己吞嚥，這是李淳一的邏輯，同原諒與否並沒有關係。

她想做及需要做的事還很多，背著包袱前行只會拖慢步伐，因此她不打算再執著過去的痛苦與不甘。什麼都會過去，她現在只想平靜地送走李乘風。

那隻緊緊抓住她衣服的手，一點一點地下移，忽然抓住她的手。

李乘風只抓住她冰冷的指尖，甲面的硬與指腹的柔，是同時傳來的。那相通的血脈，在戲弄與陰謀中被沖釋得幾乎一點兒不剩，本可以真誠相待的同胞姊妹，卻已鬩牆多年。

李乘風瞪著眼，視線中帳頂繁複的繡紋變得扭曲模糊。低吟聲止了，此時她只撐著一口氣，手漸漸鬆開，又放下，指尖觸到的恰好是李淳一的指尖，緊接著，最後一口氣也漸漸平息下去。

雖到死沒有再糾纏，但這謹慎碰觸的指尖，卻彷彿搭到心上。李淳一只略怔了一下，便收手起身，這時她想起李乘風小字來——青雀。

南方朱雀，鳳凰玄鳥，是極好的寓意，足以顯出父母的愛意與期許，但這隻青雀此時再沒有了乘風振翅登高臺的可能。

李淳一俯身伸手闔上她的眼皮，側過身看了一眼案臺上移送過來的大典盛裝，平靜地通知內侍：「太女歸天了。」

內侍聞聲，幾乎都撲通跪下，也有識事的立刻前去太醫署、內侍省通知。

此刻大雨如簾，主殿內燈火遭遇潮氣也跟著衰頹，李淳一站在殿中，竟然顯出幾分寂寥。

這時宗亭與顏伯辛仍坐在偏殿，守著一盞燈、一壺熱茶，在內侍省和太醫署的人到來前，他們都不便露面。

雨聲無法填補這可怕的寂靜與沉默，顏伯辛忽然開口：「我又想了想，倘她沒有遭遇那件事，恐怕也無法成為合格的一國之君——魄力有餘，心胸卻不夠。帝王私欲需要節制，而她專斷獨行，家國不分，如果腦子清醒一些，也不會做出挪動國庫填補元家空缺的事來。」

他評價完，頓了頓，搶在李淳一登位前毫無顧忌地表露出擔憂。「開國至今，百廢待興的時代已過去了，民要養、國要守，這條路不好走。吳王雖看著好一些，但最終能走出什麼樣子，也不好說。」

「雨會停，天也總會晴。」

宗亭抬高手，將窗戶往外推了一些，潮氣便紛紛湧了進來。

第十三章

內侍省與太醫署的人冒著大雨急急忙忙到了，通知消息的內侍繼續往長安北邊行，將太女歸天的消息一一傳達到各衙署，宗正寺、鴻臚寺、尚書省等皆在天明前接到了消息。

「太女因服食丹藥暴斃，元嘉隨其殉葬。大典取消，元嘉帶來的元家軍被北衙禁軍強行收編。」這消息對皇城內多數人而言，突然得簡直令人無所適從。

本來就單薄的天家，短短一月之間，接連好幾個人死去了，而活下來的竟只有吳王和已經徹底成為廢人的前太子。前太子已無力繼承皇位，而吳王治淮南有方，對治理山東大災及貪腐之事又有大功，數位重臣一呼百應，請吳王即位。

不提姊妹對立，也無人講那一晚的陰謀與血戰，多數臣子只當是皇位的順利過渡，便少了太多攻擊與阻力。百姓因不知內情而不至於慌亂，換個人即位，對他們而言似乎並沒有太大差別。因過渡得穩當且時機恰當，並未出現什麼內亂，虎視眈眈的鄰國外敵也不敢輕易動手。

為安撫不甘的東宮黨，李淳一與眾要臣議過後決定追贈太女，以帝王規格發喪。如此一來，東宮黨便只能消了明面上的怨氣，有些人甚至因李淳一的「大度」與「仁德」差點倒戈。

一一梳理朝中陣營局勢之際，山東的事也總算要做個了結。因顏伯辛來長安時帶走了元家軍大量精兵，加上重要將領叛變，仍在齊州府的軍隊力量便顯出薄弱態勢來。

元家這時恰好又得了「太女暴斃、元嘉殉葬」的消息，老太太急火攻心差點死過去，幾個長輩更是怒火湧到心頭，恨不能率軍殺到長安去將李淳一等人千刀萬剮。然就在元家籌謀動手之際，一道指令卻發到了山東——元家意欲謀反，令兗州、青州軍平亂。

兗州、青州兩路軍夾困齊州元家軍，元家軍節節敗退。

這日顏伯辛總算從長安趕回了齊州都督府，他下了馬便直奔後衙公房，一條小黑蛇奄奄一息地臥在門檻前，他一驚，竟是連鞋履也來不及脫，推開門就跨進了屋。

屋內是難得的死寂，這炎熱天氣裡窗戶竟被關得死死的，案前長卷委地，空氣裡有一縷極難捕捉的藥味。顏伯辛乍一看發覺案後無人，上前撥開擋住案臺的長卷，卻驚愕地看到了倒在地上的賀蘭欽！

他幾乎是從案下匍匐過去，速攬起賀蘭欽的頭。「先生！」

一向自持的聲音甚至帶了些顫音，他低下頭，手按在賀蘭欽頸間，摸到一縷微弱脈搏，這才短促地鬆了一口氣。他霍地起身將窗戶打開，又對剛從門外路過的庶僕大聲喚道：「快去請醫博士！」

庶僕被他鐵青著的臉嚇到了，回過神拔腿就去喚人。

顏伯辛速轉過身，蹲下來查看賀蘭欽的狀態，用言語激他道：「先生可不能在這時候出事，顏某擔不起的！哪怕為顏某的前程考量，懇請先生醒一醒！」

賀蘭欽卻始終緊閉著眼，面色發白，脣幾乎發紫，任憑他喚也不醒來。

屋外蟬鳴聲吵得人心極度煩躁，顏伯辛守著賀蘭欽挨過了這漫長的兩炷香工夫，醫博士提著藥箱氣喘吁吁地趕到了。

此時賀蘭欽已被移到榻上，醫博士匆忙放下藥箱上前查看，面上竟現出一絲緊張情緒來。他坐下來，指腹搭上賀蘭欽的脈，此時卻忽有一隻黑禽飛進來，棲落在賀蘭欽枕側，以對抗的姿態緊緊盯著那醫博士。

醫博士的臉色差到了極點，這脈象也令他膽顫心驚。他像避開燙手山芋般站起，快步往外走了兩步，撞到顏伯辛這才回過神，穩了穩聲音道：「顏刺史，借一步說話。」

顏伯辛見醫博士神色緊張，心中頓時騰起不好預感。

果然，醫博士輕蹙起眉，顯出擔憂與疑惑來。「此脈象甚怪，像是大病遷延不癒的久耗之脈，弱得嚇人。如此狀況，換旁人大約早不行了，然賀蘭先生平日裡卻瞧不出半點毛病，當真不是尋常修為能夠達到的。」

「能治嗎？」顏伯辛直奔重點。

醫博士略略遲疑，回道：「賀蘭先生精通醫術，照今日這脈象看，他對此症應當也是無計可施，某在醫學上的造詣遠不及賀蘭先生……」說罷搖搖頭。「實在無能為力。」

顏伯辛面色瞬間沉下去。「他何時會醒？」

醫博士正要回話，裡邊庶僕衝出來道：「醒了醒了，賀蘭先生醒了！」

顏伯辛二話不說撩袍入內，醫博士站在門外不敢進去造次，只拉過庶僕，寫了個方子給他。「此方製成藥丸，可救急用，哪怕賀蘭先生不打算用某的方子，你們備著也以防萬一。」

庶僕點點頭，趕緊拿了那方子去抓藥。醫博士則提了藥箱，腳步倉促地往醫署去了。

顏伯辛在賀蘭欽榻前坐下，伸手扶他坐起來。

賀蘭欽雖然一副病容，但一雙眼不混沌晦暗，神志也是十分清醒，聲音略啞，語調卻格外平和：「顏刺史受驚了。」

「是被嚇了一嚇。」顏伯辛沉重地抿了抿脣角。「先生可清楚自己的狀況嗎？到了這地步難道還要硬撐著？」

賀蘭欽不再打算瞞他，微頷首道：「正因為清楚才撐著，若不清楚，大概早就死了。」他談及生死，彷彿是在談無關緊要的人與事。

「吳王可知道此事？」

「早晚會知道，並不急於這一時。」他若無其事地說道：「請顏刺史幫我取個藥。」偏頭看向屏風外。「在公案旁的匣子裡。」

顏伯辛起身將藥瓶取來，又倒了水遞過去。「先生這樣撐了多久？」拔開瓶塞是分外濃烈的藥味，顏伯辛聞著都皺了皺眉。他隱約回憶起來，往常賀蘭欽都用檀木香，想必是用來遮蓋這藥味。

「近十年。」賀蘭欽服完藥，將小瓶子收進袖中。他往常都隨身帶著，這幾日因太過忙碌，且也不出門，就索性放在匣子裡，沒料一時病發竟然來不及找藥便昏了過去。他抬頭叮囑顏伯辛：「此事不要聲張。」

顏伯辛口風一向嚴實，考慮到暴露賀蘭欽的軟肋可能對李淳一產生不利，便更不會隨便亂說：「某會嚴囑醫博士與府裡的人。此事在這之前可有旁人知曉嗎？」

「宗亭知道。」賀蘭欽緩緩閉上眼，面色在一點點恢復。

顏伯辛蹙眉。「他為何知道？」

「鼻子靈得很，初次見我就嗅出了端倪，後來又掐著此事當籌碼，要我與他聯手。年紀輕輕，實在是人精。」賀蘭欽閉起眼。「有他這樣的人盯著，吳王將來的路興許會好走些，等局勢再穩些，我也該退了。關中也好，山東也罷，於我而言都不太宜居，我還是得回到南方去。」

賀蘭欽言語裡完全是功成身退、託付後輩之意，顏伯辛卻並不樂觀。「人心善變，宗相公之心也未必始終如一，就如先帝與皇夫原先聯手結盟，後來卻也分道揚鑣。朝廷裡總該有先生這樣的人支撐著，先生不能養好身體再回朝嗎？」

「顏刺史所見不過是表象，這兩人牽扯多年，都是難得的死心眼。」賀蘭欽說著，睨一眼枕邊的烏鴉。「就如這黑禽，若兩情相悅，便終此一生對伴侶執著忠貞，與先帝、皇夫純粹的結盟畢竟不同。我哪怕繼續撐著留下輔佐，也不過是強弩之末了。」

他看得通透，也深知進退之道，像最後給忠告似的，又與顏伯辛道：「若說吳王將來要面臨的憂慮，除去外患，剩下的極有可能是山東。如今元家倒了，山東勢力必然要重組，顏、崔兩家也會獲益良多，譬如齊州府都督這個位置便很可能要歸顏刺史所有。倘你表現出不合時宜的野心勃勃，就會引得帝王猜忌及憂慮，那樣對朝局和你轄下百姓都無益處。因此，該收斂時要收斂，為人臣也得有本分，身為齊州父母官更得有體恤百姓之心——」

賀蘭欽說著忽然止住，為緩解症狀，偏頭暗吸了一口氣，沒有繼續說下去。

說到這分上已經足夠。明看是給顏伯辛忠告，實際則是盡可能地幫李淳一掃除後患。

顏伯辛沉默聽完，在榻旁靜坐了會兒，心中也有了思索。他忽然偏頭看向門外，熾烈的日光盤踞在地上緩慢移動，恣意的蟬鳴反而襯出這夏日午後可怖的清淨。

延英殿內，宗正寺卿等人正同李淳一奏明登基大典的籌備事宜。宗正寺卿道：「司天臺已將日子選了，請殿下過目。」
禮部侍郎又道：「大典所用衣冠今日也將送來，請殿下先試，倘若不合適還得盡快退回去修改。」
「知道了。」
將作監又問：「先帝及主父的陵寢工事將要收尾，太女陵寢的工事才剛剛開始，葬期是要安排在一塊，還是分開？」
「分開，讓司天臺擇日子。早一步走的人，還是先入土為安吧。」
「喏。」
彼此都不為難，葬禮也好，登基大典也罷，有個愉快合作的開端畢竟是好事。眾人議過事，就紛紛起身走了。這陣子宮城內實在發生了太多事，少有人過得輕鬆，累日的疲憊像大山一樣壓得人喘不過氣。
夏天也到了最熱的時候，延英殿內卻是異常陰涼。走了一撥人，又來一撥人，只有李淳一坐在案後靜聽，手指探進幻方盒裡理思路，面前案上則堆滿了剛剛看完的奏抄。
外邊內侍忽報道：「宗相公到！」
李淳一抬頭，只見宗亭過了侍衛搜查走進來，手裡還提著一只食盒。他將食盒放下，移開她面前的案牘，坐下來打開食盒，將遲來的午餐擺上桌，逕自一一試過才遞給李淳一。「雖有公事要說，但先將飯用了。」

李淳一低頭吃飯，他就在一旁看著。

「相公吃了嗎？」

「吃了。」

「相公瘦了。」

「殿下也是。」

這麼一來一去地聊著，宗亭眼角竟然緩緩醞釀起笑來。李淳一下意識抬頭，恰好撞上他這神情。「相公笑什麼？」

「許久未見殿下吃飯了，竟然有隔世之感，覺得奇妙。」

短短半年工夫，卻好像過了很久，還能這樣坐下來面對面用餐，彼此都安然無恙，就很值得珍惜感激了。

待李淳一吃完，他又取了一碗酸酪給她，順手將她的幻方盒拿過來推演。

一碗酸酪還未吃完，外邊內侍報道：「殿下，大典所用衣冠到了。」

「送去甘露殿。」甘露殿正是她眼下的寢宮，內侍得令立刻就捧著沉甸甸的衣冠往北面去了。

這會兒已過了未時，日頭往西移，皇城內各衙署也陸續下值，一日的忙碌將走到尾聲。

宗亭忽問：「臣可有資格去甘露殿？」

李淳一擦嘴抬頭：「相公是王夫，為何不可以？」她說罷起身要往外走。「除非你要同我和離。」見宗亭未跟上來，略略轉頭。「不是有公事要談嗎？」

宗亭遂起身跟上，兩人頂著烈日往甘露殿去。

路上宗亭稟告山東戰況，又說：「元、顏兩家勝負已定，然顏伯辛此人同樣野心勃勃，顏家保不齊會成為下一個元家，應趁早斷了這可能。」

「此事我有數，但也不能因他野心勃勃就棄之不用，山東的問題在於私兵之弊遲遲得不到解決，只要仍允許存有私兵，換誰主導局勢都可能出事。」

「那便禁了它。」宗亭接口道。

李淳一眸光一凜。「獨禁山東，你覺得可行嗎？」

「自然不可行，要禁一起禁，這樣哪怕有怨氣也沒理由發作。」他順理成章道：「殿下甚至可以從關隴先禁起，那樣山東便更不能說不。」

他這招是自斷手腳，但李淳一並不認為他會幹這種蠢事。「你有條件嗎？」

「只要殿下執行先帝遺詔，一切都會迎刃而解。」

又是遺詔——與她和離，辭去中書令，出任關隴大都督，他一路算到了這裡！

李淳一轉身抬頭。「那當真是先帝遺詔嗎？」

「自然是真的。對先帝而言，較之放權帶來的危險，抵禦外敵、捍衛國土更重要，因此她答應了臣的條件，臣也希望殿下能夠執行。拒不執行遺詔的後果極其嚴重，殿下最好心裡有數。」

若她不執行，宗亭便只能隨她的登基而成為新皇夫；身為王夫尚且能允許外任，而皇夫卻只能在女皇身邊不得隨意離京。

西邊局勢緊張得很，正是需要宗亭的時候，他不可能在她身邊困著。他此舉是為了給她一個安定的後方，其實無可厚非。

「有陳規困束是一方面，另一方面則是出於平衡考量。臣希望殿下心中不要有偏向，關隴也好，山東也好，抑或是淮南，都是大周國土與子民，倘若顯出偏向來，帝國不穩，殿下也坐不穩。」

李淳一不言聲，逕自往甘露殿裡走去，宗亭追進去，內侍便紛紛退出來，殿門也隨之關上。

臨窗的夕陽跌落進來，李淳一被他按在牆壁上，仰頭道：「我說過不會再放棄相公，可你這樣做……」

「在妳眼裡，和離就是放棄嗎？」他手指探入她髮間，在夕陽裡低頭抵住她鼻尖，捕捉她的氣息，低聲篤定道：「我又怎可能容妳放棄我？」

礙於諸多變化帶來的瑣務，兩人回長安之後相聚的次數少得可憐，若不是今日宗亭主動前來送飯，恐怕也難有機會單獨相處。

甘露殿內只有他們二人，臨著大窗還能感受到夕陽的燠熱。宗亭衣上的桃花香依舊，李淳一閉眼輕嗅，踮腳抬臂攬過他脖頸，貼著他側臉感受他皮膚的溫度——乾燥、熟悉又久違。

耳鬢廝磨間無須多言，體溫傳遞便是最好慰藉。從恐懼無助的童年到困頓自閉的少年時期，再到如今禁受親人相繼離世及風雲詭譎的朝局變化，待一切塵埃落定後還能有一人不變，便是人生最難得的饋贈。

像很久之前便交纏生長的藤蔓，哪怕分開過，最後還是要盤繞到一起，千山萬水的阻隔也無濟於事。

宗亭忽然收緊雙臂，將她瘦弱身軀徹底圈在懷中。多年前他強行掰開她的心門，之後卻得她幾番不離不棄。不論是他因父母猝然離世而頹喪時，還是後來他因殘疾一蹶不振之際，她從未避開。

從窗口遞進來的大把白蓬茸，及後來溢滿生機的青蔥菖蒲，是鋪照陰溼心房的陽光，也是黑暗中伸過來的手，防他沉溺的同時也指引了前路。

如今又要遠去，又要分離，私心裡必定難接受，但時局將他們推到這裡，他們便不單單是為私欲活著。宗亭清楚，今日很可能是他名正言順留在此處的最後一次機會，將來沒有了名義上的牽絆，他們似乎都是「自由身」，同時也將更考驗彼此忠誠與心意。

人生充滿變化，哪裡都是開始。

灰塵落下來也會重新揚起，世事遠未到真正結束時。對李淳一而言，如果現在算作是出籠，那麼她的征途才剛剛開始，要走的路還很長。

光線緩緩偏移，夜幕也隨之覆下。從窗口到軟榻，二人寸步不離，親暱糾纏中是壓制的想念與難捨。能夠依偎相守的時光是如此短暫，每一寸氣息都渴望捕捉珍藏。

宗亭覆身將她壓在榻上，滾燙的指尖按住她咬死的脣瓣。「不要忍著。」

一直以來她習慣了忍耐，包括情事上，她也向來一聲不吭。這時她忽然鬆開牙關，像雨天裡缺氧的魚一般仰頭喘息，隱約聽得宗亭說道：「能忍對帝王而言是好事，也是壞事，殿下不要只一味忍耐。」

能忍而不懦弱，是他身為臣下的期望。他同時期望她能夠順利適應角色的轉變，釐清肩頭的責任與將來的路——

時局的需要、她的堅持與爭取，最終將她推上這個位置，重任也從此落下。從這一刻起，她所做的每一件事、所言的每一句話都需深思熟慮。因尋常人的過失或許只是影響一己之身，而帝王的過失卻可能影響到黎民蒼生，且更難挽回。

帝王一生將走在無法回頭、後悔也無用的路上，需要強大的責任心與危機感。宗亭並不懷疑她缺少這些，但他將她圈在懷裡，低頭吻下去時，卻忽然意識到一個不爭的事實——終其一生，她只能被困在這裡。為大周所困，為百姓所困，為歷史所困……困在長安，困在這方正如牢的宮城。

在他恍神之際，她忽然反將他壓在身下，敏銳的目光抓住他面上的一絲迷惘，同時伸出手去理順他的長髮，彷彿想通了一般，反而是心照不宣地開導他：「相公是可憐我只能獨自留在這裡嗎？」

她的手指停留在他後頸處，聲音放緩：「不是還有相公做我的翅膀，替我飛出這宮城去看外面的天地嗎？」

她目光裡流露出期許與希望來，並無半點懼怕與餒意，平抑了呼吸最終翻坐起來，背對他下了榻。

大典所用禮服已呈放在長案上，在燭光映照下莊重典麗。李淳一換下身上壓出褶皺的單衣，取過盛放嶄新禮服的托盤。禮服繁瑣難穿，平日裡需幾個宮人協助才穿得好。此時宗亭攏了攏散開的中單，從榻上站起來，起身幫她穿戴——

一件又一件，等全部穿完，已過去了一炷香的工夫。

「合身嗎？」李淳一問他。

很合身。但他沒有出聲，只斂眸，忽然屈膝要跪，而李淳一卻伸手握住他的肘。「你不要跪。」

她低頭看他。「你我是夫妻，夫妻間不該有尊卑。不論將來和離與否，我心中也一直會將你當夫君看待。拋開身分不談，我是我，你也只是你。」又道：「哪怕以後在外朝因場合需要跪，相公跪的也只是這個位置，而不是我。」

她言罷扶他起來，抬頭對上他的目光，平和又認真地說道：「大典就在這個月，剩不了多少天，我方才還想是不是該讓你在長安等一等，等大典結束了再走。但我也清楚，安西這陣子不太平，那一撮火遲早會燒到玉門關，隴右也無法置身事外。西戎必須狠挫，不然隔三差五犯邊，誰也不好過——」

她握著宗亭手臂的手更用力了些。「隴右需要你，我也的確不好再為了私心留你。」

話說到這裡，她的立場已經明瞭。國土為重，她願意放他走，提前穿這一身給他看，也是允他早些回關隴的意思。

宗亭明白她的想法，但有一事始終懸在心頭，他還不能就這麼走了。

時近深夜，宮內更鼓聲響了一遍，兩人這才重新睡下，但都無法入眠，於是面對面側躺著，幾乎聊了一宿，好像將大半年的話都說盡了。

天總會亮，漏壺滴滴答答一夜走到天光乍明，兩人便又要各忙各的。京官踏著街鼓聲入皇城衙署辦公，李淳一聞得承天門上的鼓聲睜開眼。從昨晚聊到現在，不過睏了半個時辰，她面上便掛滿了未睡夠的倦意。

一隻裸足抵著宗亭腳踝，用力戳了一下，宗亭便睜開一隻眼好整以暇地看她，不要臉地開起玩笑來。「要起了？難道臣的美色還不至於令殿下從此不早朝嗎？」

「嗯，還不夠美。」李淳一說話略帶了些鼻音，卻閉上眼，挑起唇角，捧住他的臉吻下去。「但本王不會不要你。」

宗亭睜開眼，反捧住她的臉，越發加深這個吻，難捨難分之際，外邊內侍忍不住催促：「殿下，宗正寺卿、禮部侍郎等人已到延英殿了。」

今日還要再定些細節，但沒料幾個人來得這樣快。李淳一著急下榻，宗亭便只好放開她，且恢復了一貫的怨夫模樣。「老傢伙們年紀大了睡得少，便早早跑來打擾年輕人，真是居心叵測。」

話雖這樣說著，但他還是像個賢妻一般下榻來，幫著李淳一梳髮穿衣。替她繫腰帶時，他正色道：「下回能與殿下同榻也不知是何時，殿下百忙之中一定要騰出些時間來想念臣，不然臣會在關隴鬱鬱而終的。」
「好。」李淳一仰頭應道，隨後將他雙手一握。「務必保重。」
兩人在殿外分別，南衙一郎將負責將宗亭送回去，他跟著宗亭走了一陣子，快到太極門時，宗亭止步道：「繼續盯著，宮中倘有異常即時報給我。」
郎將忙點頭應下，宗亭便繼續往外行。他回宗宅取了些東西，隨後又去了吳王府。
執事宋珍忙迎上來，因太久未見他，一時竟問他為何到此。
宗亭瞥他一眼。「急不可待當我是下堂夫了嗎？這裡是吳王府，你說我為何要來？」
宋珍頓知自己說錯了話，忙澄清道：「這裡也是相公的家。」
宗亭不與他計較，命庶僕去車上取下來幾只盒子。宋珍瞧著不知所以，宗亭道：「待賀蘭欽回京將這些轉交給他。」
宋珍心道：死對頭竟然還送東西？莫非是毒藥？他正腹誹著，卻又聽得宗亭問：「先前讓你收的婚書呢？」
「在房裡。」
「裱起來，等殿下登基了就送到宮裡去給她掛著。若過幾日，宗正寺卿來想要回去，就說婚可以離，但婚書沒有收回去的道理，不准給他。」

「知道了。」宋珍風平浪靜地應著，心中卻已經是翻天覆地了。待宗亭走了，他小心地打開其中一只盒子瞧了一眼，裡面竟是整整齊齊擺著西疆雪蓮，出手實在闊綽得要命。一邊是給對頭送名貴藥材，一邊又要同吳王和離，相公之心真是難測哪！

此時延英殿內的討論也快近尾聲，宗正寺卿最後問：「若循先帝例，新君登基也該同時冊封皇夫，殿下若是現在決定，也還來得及製衣……」

「不用了。」李淳一出乎眾人意料回道：「先帝留了遺詔，按遺詔執行。」

宗正寺卿瞪大眼睛。「是、是當真要與宗相公和離？」

「是。」她淡淡說完，又與宗正寺卿道：「擇日不如撞日，就今日辦吧。」

宗正寺卿驚得下頷都要掉下來，旁邊禮部侍郎搶著回了一聲「喏」，趕緊拽了宗正寺卿一把，宗正寺卿這才回過神，與眾人一起告退往外去。宗正寺卿出了殿門，雖然是一臉不滿，卻還是得兢兢業業去辦事。

待翰林擬好制書已是下午，姚翰林捧著制書對宗正寺卿自誇道：「哎，和離也得寫得這樣冠冕堂皇，我也不容易哪。」

宗正寺卿說：「可不是？分明是讓他同吳王和離的制書，卻要送到中書省去讓他先審批，這是什麼鬼事情！」

他嘀嘀咕咕出了門，卻未在中書省見到宗亭；又去吳王府，除了被狡猾的宋珍嗆了一鼻子灰外，連宗亭影子也沒見著；最後只得去宗宅，撞上宗如萊便問：「宗相公可在家？」

宗如萊認出他，回道：「回來好一陣子了，眼下應在房裡歇著。」說著就往東邊廂房去找宗亭。

宗正寺卿緊隨其後，嘴裡還不停唸叨：「相公真是心寬，這般境況下竟然睡得著，也是令人服氣。」

宗如萊不理他，抬手敲了敲門，道：「相公，宗正寺卿到了。」

此時暮色四合，門虛掩著，夕陽竄進去，門裡頭卻一點兒動靜也無。宗如萊疑惑地再敲了敲門，卻仍未有動靜。

宗正寺卿面色一凜。「呀，不會出事了吧？」

宗如萊霍地推門，房裡哪有宗亭身影，他大呼了幾聲，轉頭卻只瞥見案上一張字條，一柄尖利的匕首穩穩扎在上頭。

宗如萊正要上前查看，宗正寺卿卻是搶先一步衝過去拔了匕首。他抓起那字條「啊」了一聲，辨清其中內容，驚魂不定地握著字條衝出門。宗如萊回過神趕緊追上去，到門口卻被宗正寺卿一推擠，生生退回門內。

「你在這好好待著！別亂打聽！也不許同長輩亂說！」宗正寺卿將字條揣進袖中，火速登上停在門口的馬車，催促車夫道：「快！進宮！」

此時閉坊聲「咚咚」作響，承天門也將關閉，車馬聲滾滾如雷，逼得地面塵土紛湧，行人掩面急行。

車上的宗正寺卿一臉焦躁，收在袖中的手也不安得發顫。字條內容寫得甚是囂張，生怕別人不知這惡事是誰幹的。宗正寺卿自言自語叨叨「分明已經得瘟疫死了的人怎麼就跳出來了，真是活見鬼」時，飛奔的馬車終在鼓聲落盡前趕到了承天門前。

已是宮禁時分，人車皆不能入。左監門衛一湧而上去攔車，宗正寺卿突然來了脾氣。「出大事了，攔什麼攔！」說著將金魚符一扔，跳下車來，捋起袖子就要往裡衝。

監門官上前將其一把揪住，厲聲道：「倘有要事請由得某等轉告，闌入（註10）可是大罪！」

宗正寺卿被他這一鎮，才稍稍冷靜下來。「我在這裡等，你速遣人去稟殿下，就說事關中書相公，等不及明日再說了！」言罷一攏袖，見監

註10　擅自進入禁地。

門官吩咐下去，這才鬆口氣往後退幾步，回到門外等候。

沉甸甸的宮門依制關上，撲進眼簾的只有一對碩大的鎦金鋪首（註11），獸目怒睜，瞪得人心慌。

李淳一處理完摺子從延英殿出來，還未及用膳，就被內侍告知宗正寺卿此時候在宮門外，是有急事相稟，且又恰恰關乎宗亭。此時夜幕遮了光亮，高聳樓闕也失了顏色，唯剩一對鴟尾傲立正脊兩端，仿要戳破天幕。

李淳一聞言立在廊下，眉目擔著沉憂。「令宗正寺卿速到門下政事堂。」

急促的步履踏碎夏夜蟲鳴聲，政事堂廊下昏睡的燈籠彷彿也被吵醒。李淳一預感不妙，遂將值守宮廷的謝翛也召來。謝翛甫進門，還未及行禮，門外就傳來喘氣聲。

「殿、殿下——」

只見宗正寺卿氣喘吁吁一路跑到門口，鞋也不及脫，大步一跨入得門內，撲地道：「殿下看這字條！」他說著將抓在手中的字條塞給李淳

註11　附著門上，用以銜環的銅盤。

一的內侍，這才抬起頭來，急促地補了口氣。「元信那賊竟將宗相公抓了！」

一旁謝脩聞言先怔一怔，登時將目光投向李淳一。

李淳一拿捏著字條，眉間憂慮越沉，手背青筋更是紛紛突起。元信於押送途中被人劫走後再無音訊，對此她心中始終存了隱憂，如今果生枝節，竟將宗亭搭了進去。而元信的目的，斷然不是只對付宗亭一人，否則他也不必留下這字條了。

然字條上僅是說宗亭在他手裡，其他一概不講，教人無從下手。

宗正寺卿喘過氣來，問：「元賊仰靠的是誰人勢力，竟敢如此大膽？」太女已倒，山東元家軍氣數也盡，難道是皇夫留下來的那撥人？

他如此猜測，李淳一心中亦是同樣想法。皇夫擅留暗棋，哪怕他已亡故，暗棋仍能動作，彼時半途將元信劫走的或許正是這些棋子。但這藏在暗中的力量是何等勢頭，元信到底想藉此做什麼，都沒有確切結論。

謝脩扭頭問宗正寺卿：「此事距現在有多久了？」

宗正寺卿回：「有一個多時辰了！」

「殿下——」謝脩轉向李淳一。「應速追捕元賊，畫其面影發至各坊、各城門官，同時發急報至函谷關、潼關，以免生變。」

「對對對，先將出路堵死了，教那賊插翅難飛！」宗正寺卿連忙附議，卻又話鋒一轉：「不過元賊病亡一事先前是殿下親自與先帝稟報的，如今卻要明著追捕他，恐是不妥。眼下正值新舊交替，若生出什麼閒話來怕是麻煩，不如暗中——」

他主張暗捕的提議還沒講完，門外驟響起傳報聲——

「殿下，有急報。」

宗正寺卿倏地止住話頭，內侍匆匆出門接了消息，入內稟道：「殿下，今日未時過後，長安、萬年兩縣有十餘坊遭遇危急火情。京兆尹疑是有人作亂，府廨人手不夠，怕事態惡化，特請增派金吾衛巡夜。」

此事來得蹊蹺，時機又微妙，不像巧合。

一眾人等李淳一的決定，李淳一卻只問：「宗相公被抓，何人會擔心？」

謝翛遲疑道：「殿下會擔心。」

「還有呢？」

謝翛接著道：「宗家人會擔心。」

「還有誰？」

謝翛不明就裡蹙起眉，宗正寺卿卻恍然大悟道：「關隴會擔心！他那武園表弟是十足莽夫，如今帶個小娃娃守著西北，若是得了相公被抓的消息，指不定會幹出什麼事來！西北局勢緊張，可容不得亂哪！」

他氣躁語急，講得對，卻也不全對。

要看武園是怎麼得到「宗亭被抓」的消息，更要看他是否相信此事。武園對李淳一成見頗深，甚至以為李淳一欲立顏伯辛為新夫，因此哪怕元信讓人報信給他，只是講「李淳一欲與宗亭和離，因宗亭不肯而將其祕密抓獲，並打算滅口」，武園也會信以為真。

這滿腔怨怒之火一燒，屆時關隴怎麼平靜得下來？

「先傳信給關隴。」李淳一倏地起身往外走，同時也下了決斷。內侍連忙跟上，謝翛拉起地上宗正寺卿亦跟出門，只聞得李淳一道：「傳令左右金吾衛，速增派人手巡防，抓到作亂者立即送京兆府嚴審。」

謝翛已聽明白了其中意思，李淳一認定今夜城中之亂是元信所施的障眼法，其真正目的是亂關隴。她要搶在元信前通知關隴，是先發制人，叫武園不要亂來。

「是否還要明著追捕元賊等人？」謝翛又將先前提議問了一遍。

這時主張暗捕的宗正寺卿卻搶著答：「要的要的，面影要畫，消息也得傳到外邊去，不然更易生誤會。」

李淳一頷首，叫謝翛先去辦。

得了令，日暮後便沉寂的皇城諸司又忙碌起來，這一忙就到五更二點，承天門上的大鼓毫無動靜，城門、坊門也因赦晚開。坊街裡時不時有金吾衛騎馬馳過，激起塵土一陣，混著昨夜火災過後的焦臭味，實在難聞。

百姓在坊門口排起長隊，等門開的同時又喋喋議論道：「瞧見那邊貼的海捕文書沒有？上頭那人以前可是都督，且還是已故太女的丈夫，聽說在山東惡事做得多了，被先帝降罪，本要押送回京，半途卻佯死逃了，眼下帶著人四處縱火擾民，真是可恨！」

「可不是嗎？昨日鬧了一夜，金吾衛卻一個活口也沒捉到，據說不是逃了便是吞毒死了。」

「依某看，留在城裡作亂的皆是些小卒子，文書上的那賊哪，怕是早就逃出城去了！」

「讓路！速讓路！」

一眾人正說著話，就聞得喊令與馬蹄聲急促傳來，匆匆分成兩路避讓，只見紅衣金吾衛騎著高馬直奔坊門而去，後邊拖著的囚車裡竟關了個活人。

坊卒急急忙忙打開門，諸人也趁機往外擠。人群一陣亂哄哄，對街的宗宅大門前卻安安靜靜停了輛馬車。宗國公一言不發登上車，宗如萊犯了錯似地跟上去，坐在一旁大氣也不敢出。

原來昨日宗國公歇得早，宗如萊沒及時將宗亭失蹤一事告訴宗國公，直至晨間吃飯才說了此事，宗國公自然氣急黑臉，拄著拐杖就急急忙忙地要進宮去。

日頭升得越發高，蟬鳴聲中多了幾分煩躁之意。馬車穿過寬闊坊道奔向朱雀門時，仍可看見南衙衛隊巡邏的身影，儼然有全城戒嚴之態。

李淳一徹夜未睡，一邊是南衙巡捕的進展報告，一邊是安西最新的軍情奏抄，沒有一處順當如意。內侍送了早膳來，卻不敢貿然詢問，只悄悄放在一旁便又退回去。他抬頭望去，外邊除了侍衛仍沒有旁的身影，這便意味著京兆府仍未查問到有用消息。

然只分神的工夫，就聞得外邊傳來通報聲。

「宗國公求見——」

這邊還未給回應，那廂「咚咚咚」的拐杖聲卻是越近越急迫。李淳一從軍情奏抄中抬起頭，宗國公已是帶著宗如萊怒氣沖沖地來了。

拐杖擊地聲頓住，宗國公站定，只將氣稍捋，便指著宗如萊、面向李淳一質問：「這樣大的事，這孩子不懂事不與我說，殿下竟也不知會老臣一聲嗎？」

宗國公近來舊疾復發，一氣急，便緊握住拐杖猛咳，將日益老濁的眼也逼出通紅血絲來。

李淳一放下手中奏抄，從容起身，道：「國公請坐。」

內侍趕緊搬條案、挪墊子，宗國公卻雙手撐住拐杖不動，壓下咳嗽追問：「人找得如何了？」

「在找。」李淳一答。

「如何找？像這樣滿京城翻？元信會留在京城等著被抓？」宗國公說話時白鬚微顫，語氣更急，分明是對李淳一表露出不滿，而這面上的不滿又似乎是有意的刁難。

一大早就如此咄咄逼人地來討要說法，他一方面是擔心宗亭安危，另一方面也是不確信李淳一具備上位者的能力與手段——

怕她慌亂無措，也怕她無計可施。

李淳一見內侍已將條案、軟墊擺好，遂看向宗如萊，示意他扶宗國公坐下。

宗如萊得了暗示，連忙上前扶住宗國公。宗國公不客氣地睨他一眼，還是不肯坐，這時候卻聽李淳一道：「昨日出事是在未時後，一行人等若要在短短兩個時辰內離開京畿之地，無太大可能，因此嚴查京畿關隘仍是必要。」

她取出壓在奏抄下的字條遞給內侍。「這是元信所留，請國公過目。」

內侍趕忙將字條送到宗國公面前，宗國公快速地睇眼一瞥，確實未能從其中再尋到更多訊息。如此看，李淳一這般找法似乎也無可指摘。但他面色仍是難看，咳嗽也越加劇烈。

李淳一待他咳過這一陣，接著道：「昨日已向關隴傳了信，如此也好應對元信以相公性命來挑撥關隴的可能。」

李淳一這番話是將此事往裡再推進了一層，可見她對元信的意圖有更深入的考慮，也證明她清楚宗亭在關隴軍中是何等的分量。

宗國公聽完她所言，穩了穩氣息，反問：「元信早不抓人，晚不抓人，偏等到這時候，殿下可想過其中緣由？」

李淳一自然想過！

其一，當時在山東為控制元信，他們讓他服了藥，過了這麼些時日，他的身體也正當是痊癒之際，這時行動更為方便；其二，近來正是西北局勢最緊張之時，如她昨夜收到的軍情奏抄上所言，關隴往西的安西軍正疲於應對外敵，自然不可能如以往般向關隴支援；其三，她尚未登基，在朝中還沒能站穩腳跟，隨時都可能生出新動盪。

所以此時亂了關隴，會讓西北這團亂麻越發扯不清，帶來難估量的損失。

宗國公見她面上並無惶惑之色，便明白她是清楚個中緣由的，遂也不再故意逼她，面色稍緩，竟是撇開宗如萊的手，主動在軟墊上坐下來，並同宗如萊道：「你去外邊待著。」

宗如萊鬆了一口氣，正要往外走，卻發現幾個內侍也退了出來，可見李淳一有事要同宗國公私下商量。

一行人甫出了殿門，廊廡西側就有人匆匆跑來，向李淳一的內侍遞了奏抄，壓著粗氣稟道：「京兆府剛遞的，說是晨間捕的活口，審出些眉目就立刻送來了。」

內侍不動聲色接下，又入殿將奏抄遞進去。

天氣越燥，宮城桃花早已凋盡，只剩紋絲不動的綠葉與即將成熟的寥寥果實。而通往鳳翔縣的官道兩旁，風卻夾著冬青樹上殘存的花束恣意舞動。一行商隊疾馳在寬闊驛道上，看起來與其餘商隊並無不同。忽然，領頭那車停了下來，後邊諸車也紛紛停下。

有一人從領頭那車裡跳下來，逕自朝後邊一輛貨車走去，指揮小廝掀開遮雨油布，從中抬下一只大箱。他俯身撬開那木箱，撥開上面所鋪稻草，才顯露出一個碩大麻袋。

那麻袋一動不動，旁邊小廝只嘀咕了聲「呀，不會悶死了吧」，便立刻得了狠狠一瞪，周遭頓時沒人再敢多嘴。

「抬去前邊！」那人一聲令下，兩個小廝立即合力抬起麻袋，「吭哧吭哧」將其運到領頭那輛車上去。那人又重新登車，三五下除去袋口麻繩後，裡邊的人才終於露出面目——

正是宗亭。

第十四章

解開這袋口的人，便是易了容的元信。

宗亭動也不動，蜷了將近一夜的身體已經僵硬，他不想浪費力氣。何況元信先前給他灌了藥，說什麼「李淳一在我身上做過的惡事也得讓你嘗嘗滋味才解恨」之類，用腳趾想也知道是要讓他體驗一番「難動彈」的痛苦。

他不僅無怨言，還極度配合元信，反令元信無端窩火。這時他被困麻袋之中卻一臉的甘之如飴，更是教元信反感。元信踹那麻袋一腳，宗亭這才抬起眼皮，悠悠看向對方。

關隴、山東針鋒相對多年，這兩人素來水火不容。宗亭現下端出這般態度，實在沒有半點「袋中囚」的覺悟。

「滋味怎樣？」元信壓下心頭一撮火，以「占盡優勢」的口吻問他。

「往鳳翔這段路修得不太好，顛。」宗亭嘴皮翻動，卻已經判斷出現在走的是哪一段路。

末了，他扯了扯嘴角，甚至教起元信來：「既然你要押我去隴右，那我勸你走奉天驛，再取彈箏峽驛往涼州治所去。為何呢？因這樣走只有一千八百里。但你眼下是打算從鳳翔往隴州，出大震關，由秦州入涼州，這樣得走兩千里，且要過蘭涼二十驛，關隘甚多，若半途被查出來，豈不是亂了你大計？」

他儼然一副隴右主人的姿態，語氣欠揍，但顯然狠狠踩了元信痛腳。畢竟他對隴右的熟悉程度遠遠甩了常人一大截，又何況是元信這樣初次入隴的人？

元信突然一撩簾，一小廝立刻朝這邊跑來。元信板著臉吩咐：「讓他閉嘴！」

小廝立即扯了團布，按住宗亭腦袋往他嘴裡一塞，倏地退下去。

往宗亭嘴裡塞的這布團，彷彿也將元信心頭的一撮火往下壓了壓，讓他重新掌握主導。

他看向宗亭道：「李淳一辛苦了整晚，卻一個活人也沒抓著，不知眼下有無進展。倘若抓到了活口，恐怕也該知道我押著你往西邊去了。安西軍正同西戎打著仗，伸不了援手，涼州、肅州現下只有一介莽夫與一個奶娃子，你說李淳一會怎麼做？」

說話間，他取了手邊匕首，耐心地擦著刃口。「她慌也好，不慌也罷，都不會袖手旁觀。只要她徵調府兵往西北去，朝臣就會不安，你的關隴軍也會全力對抗。哪怕她搶先通知了你那表弟，你表弟會信她嗎？關隴舊部會信她嗎？」

宗亭說不了話，他也不想說話。

宮城裡的日頭忽被滾滾濃雲遮了，天邊起了一絲風。戶部、兵部尚書正應詔匆匆忙忙趕往延英殿。

兩人上了玉階，戶部尚書抬手迅速抹了抹鬢角的汗，壓著聲音問旁邊的兵部尚書：「倘殿下要徵發府兵，有多少可徵？」

「你可當真是未雨綢繆，還不知要不要徵，難道就已想著備軍需的事了？」

「依某看，這是不可避免了。好在先帝聖明，備邊庫還算充足，不然這突然徵兵，某也是要急白頭哪！」

兩人說話間已是到了殿門口，等通報後，便一起入內。甫入殿，見得宗國公在，且還另有兩位南衙將軍，想必李淳一已與他們談過了。

原來李淳一得了京兆尹送來的審訊奏抄，被捕那人交代說皇夫籌謀多年，在關隴養了不少耳目內應，元信此行正是衝著擾亂關隴去的。至此，先前種種猜測便得了證實。元信的確綁了宗亭往西北去，也的確是要趁安西困頓、李淳一在朝中還沒立穩腳跟之際作亂。

兩位將軍對發兵大約是沒有異議的，尚書省兩位相公一開始也無異議，直到李淳一說到要親自出征，這才相繼跪下，反對道：「殿下還未登基，萬萬不可親征哪！」

「兩位相公怕什麼？」

「主父及先帝相繼走了，太女亦不在了，朝中正需要殿下穩定局面，禁不起動盪。為殿下安危及朝局穩定考量，殿下此時哪裡都不宜去！」兵部尚書如是答道。

李淳一卻問：「登基大典距今還有多久？」

戶部尚書答：「就這個月。」

「那再往後推一個月，望尚書省籌備得更細緻些。」她好像沒有要商量的意思，就已經做了決定。

兵部尚書還要反駁，宗國公卻突然一陣猛咳，將他的話打斷了。兵部尚書抬頭看過去，卻見宗國公緩過氣來道：「倘只是殿下不在京城，朝堂就亂了，那這朝堂裡的人哪裡還有忠心與能耐可言？豈不都是沒用的草包了？」

宗國公開這個口，一是提醒他們這裡仍有老臣坐鎮；二是叫他們恪盡職守穩住後方。

這時李淳一又同內侍道：「賀蘭先生在回來的路上了嗎？」

「回殿下，按原定的日子算，諫議大夫昨日應從山東出發，腳程快些，十日內也該抵京了。」

賀蘭欽要回來，意味著可以穩住朝堂裡的那些江左士族。這樣看來，的確也沒什麼亂子可出。兩位尚書雖還是無法理解李淳一親自出征的必要性，但心定了些，便也不再出聲反對。

這時外邊的太陽徹底不見蹤跡，殿內外都陰沉許多。夏季的雨來得滿不講理，說落就落，很快就澆溼了宮城，也淋到了城外驛道上。

馬車頂著暴雨前行，元信收起擦得光亮的匕首，好整以暇地看著無法動彈的宗亭。「原先關隴便不贊成你與她的婚事，擔心你會將關隴的控制權拱手相讓，加上現在她大張旗鼓地削減、改制山東軍，關隴面對氣勢洶洶而來的朝廷西征軍會做何想？關隴、山東軍雖各踞一方，性質卻是一樣，都能屢拒朝命、制衡中央。山東軍沒了，關隴就是下一個山東，這時候朝廷率軍發往西北，他們豈能不多疑緊張？」

元信很滿意給李淳一設的套，且等著她往下跳。他甚至擺出一副好心的模樣來，說道：「哪怕我算計不到她，我還可以拖著你一起死。」

宗亭大約是聽他講得煩了，可又無法開口，遂十分反常地翻了個有失風度的白眼。

元信一怒之下起身重新捆住袋口，喚來小廝：「將他關到後邊去！」

小廝連忙照做，冒著大雨又是停車又是抬箱，末了瞧見一隻腿上纏了白布的烏鴉棲在油布上，便與身旁人嘀咕道：「這鳥哪來的？」

「昨晚就在後頭跟著了，定是被人打傷了飛不遠，當我們這是順風車呢！」

「抓來吃了。」

「烏鴉肉酸，難吃得很，你是不是傻？」

行進途中不宜多言，這議論很快便打住了。

鳳翔就在前邊，城門官冒著急雨張貼海捕文書，商隊的車也在城門口停下。守門小卒立刻迎上來檢查人車，卻並不十分仔細，只翻了幾只箱子，見無異狀就打算放行。

車隊將行，被雨淋透的烏鴉卻立在油布上撲騰，兩個小卒一見那烏鴉，忽然迅速交換了眼色，其中一人速奔去同城門官道：「先前叫某等留意受傷黑禽，竟然真有，看來那隊人是十分可疑了！要不要攔？」

原來昨晚李淳一尋遍各處都未見烏鴉，便疑心是被宗亭帶走了，想著也是線索，遂在下發文書裡多添一條。

然鳳翔城門官聽得稟報，神色複雜，似是權衡一番，卻答覆道：「不要攔。」

此時徵兵的消息已下發至京畿各折衝府（註12），尚書省忙作一團，至傍晚，皇城內四處燈火通明，值宿官員較往常也多了一倍。

宗國公在門下政事堂待了一整日，已快要熬不動，李淳一起身送他。可剛出門，鳳翔就傳來急報。

註12　唐代府兵制底下的基本編制。其主要作用為負責訓練新兵、宿衛京師、防秋。

「有消息了？」

「是，鳳翔今日發現了元賊等人蹤跡。」那衛兵說著將急報遞上。

李淳一還不及看，便問：「攔住了嗎？」

「沒有。」

「為什麼不攔下來？」

衛兵一怔，道：「說是相公的意思。」

這下子輪到李淳一怔住了。

衛兵接著道：「今日元賊等人進城之前，就有相公的人攜印信見了鳳翔縣令，講了昨日相公被捕一事，且叫鳳翔縣令哪怕發現異常都得放行，隨後發信給殿下。」

李淳一先是難以置信地看向宗國公，卻又立即冷靜下來，問那衛兵：「鳳翔縣安排人手跟著了嗎？」

衛兵給了肯定的答覆。

出了鳳翔，行一百五十里便達隴州，就真正到了關隴的地界。

是元信困他，還是他困元信？

「你先下去吧。」李淳一握緊奏抄道。

一旁的宗國公看著衛兵遠去的背影，啞著嗓音嘆道：「鳳翔挨著隴右，縣令寧可聽他卻不聽殿下的，殿下該生氣，將來也要整肅才是。」

頓了頓，他話鋒一轉道：「可眼下，他是在替殿下鋪路啊。」

關隴要藉此肅清內奸隱患，安西需要援軍，李淳一要藉此樹立威望、推行軍隊改制、強化集權，以此穩固這把天下最難坐的交椅。

潮溼的廊廡中，一個即將登基的新帝，一個三朝元老，此刻達成了共識。

從長安往肅州，每站皆換最快的驛馬，五日可及。

驛卒揣著京中加急傳來的信件抵達肅州時，天還未亮，城內外都下起大雨，暫將連日暑氣都澆滅。城門緊閉，驛卒勒馬抬頭看，巍峨樓闕上瞧不清半個人影，反被雨水淋了一臉。

他一抹面上的雨水，看向身後隨行的幾位府兵。「這是要緊急件，煩請軍爺去知會一聲。」

平日裡只有過境文件才派兵護衛，此次為安全送達，卻也一路破格動用軍隊力量。領頭的府兵跳下馬來，大步往城門口走去，一邊嘀咕「怎這樣怪，門外邊竟連個人也沒有」，一邊拍門喚人來。

風大雨急，敲門聲也淹沒其中，城門後仍毫無動靜。那府兵有些不耐煩，扭頭同後邊人嚷道：「多來幾個人一起哪！」

其餘幾人聞聲便紛紛跳下馬，聚到門前抓著鋪首吊環一通猛拍。那驛卒聽這聲音心中徒生焦躁，下意識又抬頭看看樓闕，隱約瞧見有人探頭觀望，正要朝他喊，卻見那人頭迅速縮了回去。驛卒心中覺著詭怪，但還未及細想，門後已有了動靜。

裡邊士兵小心翼翼開門，隔著門縫盤問來者身分，聞得是長安送急信來，便將半扇門徹底打開予以放行。

府兵又倦又躁，極不耐煩地牽了馬喊驛卒一道進城。一行人甫進門，幾個守城士兵卻迅疾將城門關上，驛卒聞聲立刻扭頭看，卻見跟在自己身後的府兵猝然倒地！

「小心！」驛卒驚叫出聲，其餘人還未及反應，便又有數十支利箭俯衝而下，矛頭正是對準了隨行府兵與懷揣著重要信件的驛卒。

馬在晦暗晨風裡嘶鳴，但也很快被利刃斃命。屍體悄無聲息被拖走，血液被驟雨迅速沖散，黎明將至的肅州城仍在沉睡，只半炷香的工夫，一切痕跡就被抹滅。城門銅鋪首瞪著眼，它知曉一切，但什麼也說不了。

只有一封標記了「馬上飛遞」的宮中急信被輾轉送到某個參軍手裡，上面所書內容正是叫武園不要妄動，安靜等待關中軍的到來。

當然這封急信還未送抵武園手中就已經化成了灰，倒是「關中大軍逼近隴右」的消息在軍中不脛而走，連伙房的兵丁都知道李淳一徵發府兵出關往西北來了。

肅州的雨不停，消息在軍中甚囂塵上，一時間說什麼的都有。

「宗相公先前回長安，不就是求個都督的任命嗎？怎到現在還不回來？」

「哪裡還回得來？先帝一走，太女一死，可不就是老么上位？依某看，她才是深藏不露的厲害角色，將相公騙得團團轉，又不放他回來，不就是想要將隴右牢牢抓在手裡！」

「不太可能吧……」

「不信你瞧瞧山東的下場！她不過就跑去賑個災，將山東攪得什麼樣？殺得那叫一個狠！改日輪到我們，又有幾人逃得過？」

這議論當然也傳到了武園耳中，他原本就等宗亭等得不耐煩，這會兒火氣更旺，在屋子裡坐立難安，恨不得立刻奔去長安找李淳一討說法。

一旁伏案練字的阿璃見表兄這般焦躁，小聲道：「不要急、不要急……長安阿兄總說凡事要沉得住氣，要等他回來。」

武園扭頭反駁小娃：「小孩子懂個屁，那借勢的惡女人一貫心狠手辣，你長安阿兄落到她手裡，自身都難保！不行不行，我要入關瞧瞧去！」

他說到做到，搬過盔甲就往頭上戴。阿璃立刻衝上去阻攔，死死抱住他大腿。「阿兄不要去，不要去！」

這時忽有一僚佐驚慌失措衝進來道：「不得了了！方才關中眼線傳消息來，說相公被吳王扣押了！吳王這是要拿相公當人質逼關隴就範哪！」

「什麼！」武園瞪大眼。「啊！那可惡的女人，心腸真是歹毒透了！我要去殺了她！」他說著就要揮開纏住自己的阿璃，阿璃這時卻號哭起來。

「哭什麼哭！大不了魚死網破！這裡不安全，阿兄叫人將你先送到西州去避避！」

「我不去西州！西州也在打仗！」阿璃掛著鼻涕眼淚嚴詞拒絕，轉向那報信的僚佐道：「我不信！是哪個說的，叫他、叫他親口來講！」他抽噎著迅速抹完淚，又立刻抱緊武園大腿。

武園畢竟疼表弟，遂叫那僚佐先出去，想著將阿璃安頓好了再走。可那僚佐轉身出去，阿璃就手忙腳亂從懷裡摸出個布袋來，仍是抽噎著：「長安阿兄叫我藏著的，給、給——」

居然還留了個錦囊給阿璃！

在宗亭眼裡他竟然還不如一個小娃靠得住！武園憤憤想著，將布袋撕開瞅了一眼，眉頭登時緊鎖，隨後將布袋塞進懷裡，只同阿璃說了句「你馬上去密室裡待著，我會叫姚司馬給你送吃的，千萬別出來」，便出了門。

外面雨停了，武園一路走一路想，腦子裡全是宗亭留的錦囊。一方面他信任宗亭，另一方面他又忠於自己的喜惡，因此這決斷也變得困難起來。直到他遇見方才報信那僚佐，對方問他是否要戒嚴時，他才回過神來道：「我已叫人送阿璃去西州了，你速去集結人馬，我有要事宣布！」

那僚佐見他這態度，便認定他是要同李淳一決一死戰了，於是立刻前去集結軍隊。

同時，一輛假裝載著阿璃的馬車，也由幾個親兵護衛著往西州去了。

肅州城內動作不斷，可這會兒，元信車隊才抵賀蘭山。一邊是滾滾黃河，一邊是浩瀚沙漠，西北壯景一覽無遺，但此刻無人欣賞、無人深探。

宗亭安排的暗線始終尾隨元信車隊，一路上負責將行蹤報給後面的關中軍。李淳一親率精銳騎兵自關中出發，到隴州時卻兵分兩路，一路往賀蘭山，一路直奔肅州城。

肅州城做好了迎戰準備，軍旗被風颳得獵獵作響，彷彿就等著李淳一的關中軍打上門。

這一日半夜，姚司馬匆忙趕到都督府找武園。「最新線報，關中軍還有三十里到，我們的人都已在校場集合了。」

「李淳一也來了嗎？」武園毫不忌諱地直呼其名。

姚司馬回道：「沒有。」

「她人呢？」

「屬下不知道。」

武園心裡登時冒了一撮火，又壓下去問：「叫你辦的事呢？」

姚司馬簡略回道：「妥了。」

鑒於宗亭在錦囊裡懷疑隴僚佐及兵丁中存有內奸，武園誰都不敢信，只好將事情全交給宗亭一手提拔上來的親信姚司馬。

「阿璃在密室裡沒哭沒鬧吧？」

「小郎君一切都好。」

武園這時沒了後顧之憂，心頭鬆了一口氣，跳起來大步往外去。

「走，點兵去！」

姚司馬緊隨其後，兩人一路到了校場。火把將偌大場地映得通明，一眼看去烏泱泱一大片，鎧甲鱗光閃動，陣仗十分唬人。

武園領著姚司馬登臺高聲道：「吳王以相公性命要脅關隴，馬上就要帶著關中軍殺來了！山東前車之鑒在那，我等不能坐以待斃，要怎樣做？」

「逼她交出相公！」

「交出相公！」

底下應和聲此起彼伏，一把火彷彿熊熊燃了起來，只姚司馬在一旁冷眼看著。

這時武園道：「好！既然爾等這樣積極，可有自請命當先鋒的？」

原本叫得最起勁的一撥人這時動靜瞬時小了，武園哧了一聲：「真要上就成縮頭烏龜了？剛才叫個什麼勁！」說著就扭頭同姚司馬道：「誰這幾天上竄下跳得最厲害就讓誰上！一個個點！」

一直板著臉的姚司馬突然拿出名簿唸，底下漸漸有人察覺出不對勁來。

先前報信說宗亭被李淳一扣押的那僚佐此時最是不安，因姚司馬所點竟幾乎都是「自己人」！他神色大變，但不敢妄動，只將視線瞟向隊列中某個參軍。那參軍沉穩得多，一直聽著卻始終面不改色，只眸色變深。

這時忽有一情報兵跑來。「報——關中軍距此地還有不到十里！」

騎兵飛速，十里也不過轉眼就到！軍列不免起了騷動。姚司馬這時也恰好點完名簿，武園正要開口，邊上卻突然橫過來一柄大刀。他還不及避讓，忽被人壓倒在地！武園下意識奪刀，同時也看清楚突襲之人正是身邊那報信參軍，大罵一聲「你果真是奸細」，雙腿將對方一鎖，用蠻力扭過他手腕，將其翻轉在地。

軍列突生騷亂，一僚佐邊大喊著「與他們拚個魚死網破」，邊領著兵丁與身邊人廝殺起來，更有人衝上高臺，直奔姚司馬、武園等人而去。

姚司馬乃一介文官，殺不過就飛奔逃命。武園直性子，幹掉那參軍，舉起大刀就蠻殺起來。一時間火把亂擲、鮮血飛濺，火舌舔上軍旗、甲衣，血腥氣也在夜風裡漫湧——黑夜巨大的腹腔中，滿是不明所以的殺戮。

身邊辨不清敵友，不殺人，就要被殺。

姚司馬拚盡了力氣逃進夾城，後肩已被流矢中傷，他顧不得太多，抓住迎面跑來的手下，急促地吩咐：「有內亂，快、快開城門，迎關中軍——」

「開——城——門——」

「速——開——城——門——」

指示口口傳達，越近城門越高昂響亮，呼喊聲直穿雲霧。

姚司馬因虛脫猝然倒地，恍惚間卻聞得排山倒海般迫近的鐵蹄聲。

近了，近了……

此時另一隊由李淳一率領的關中騎兵已到了賀蘭山，橫亙在他們面前的是綿延山脈，繞過去就是無情大漠，再往北，是北狄地界。

得不到命令，沒有人繼續前進。

他們得到的有關元信車隊的最後消息，到此地戛然而止，這也就意味著，元信等人是在這裡消失的。

夜長得很，長安城也是難眠。無聊的夏蟲總歸是不會睏的，舟車勞頓數日抵達京城的賀蘭欽也不睡，連夜奔赴政事堂，與幾位老臣一起坐鎮。

偌大一張地圖鋪在主案上，最新的情報擺在一邊，賀蘭欽甫入座，宗國公就從案牘中抬起頭來，咳嗽一陣道：「先看，看了再說。」

賀蘭欽絲毫不意外李淳一這次的動作，她很敢為，她在山東時的作為就已經讓人領教了。看到兵分兩路時的情報時，賀蘭欽微斂了斂目，聞得斜對面的宗國公道：「怎麼看？」

賀蘭欽手指迅速劃過西北。「定關隴，援安西——」又忽然往東北劃過賀蘭山。「鎮北關，防北狄乘虛而入。」他說完抬起頭。「殿下思慮還算周到，但能否將宗相公活著帶回來，也要看運氣。」

宗國公對上他的視線，賀蘭欽平靜無波道：「元信是奔著魚死網破去的，他也知道關中一定會發兵，這時候他那一小撮人馬再趕去關隴意義不大。若我是他，這最後一搏便是——」

他低頭，指腹仍按在賀蘭山脈上，卻突然往北，深入沙漠腹地。「出其不意往這裡去，若能穿過這大漠，能將宗相公交給北狄，那就不僅是送了人情給北狄，更是對殿下的莫大威脅。」

宗國公老濁的眸光有些許渙散，聲音倒還是穩的：「穿不過去呢？」

「穿不過去，就看是相公命硬，還是元信命硬了。」

李淳一率領的關中軍才剛剛探觸到大漠邊緣，就發現了散落的貨車與屍體。

隨行的南衙大將探看過後報給李淳一。「此地並沒有相公與元賊的屍身，臣斗膽推測，應當是元賊一眾人在此地與相公的人撞見，雙方廝殺，元賊見無勝算，帶著相公往更北邊去了。」

往更北邊，只有去北狄才是出路。元信既然做了這個決定，意味著他仍將宗亭當籌碼。而這籌碼必須活著才有意義，不到萬不得已他不會取宗亭性命。

可茫茫大漠，誰也不知他們會走到哪個角落，會遭遇怎樣的變故。帶著擔憂，迎著危險，一行人還是朝北邊出發了。

烈日當空，塵沙翻滾。

已走過的路沒有留下任何痕跡，只有連綿不斷的沙丘令人迷茫。倦極了的馬艱難往前挪了兩步，忽然前腿一折，整個倒地，馬背上的人隨之跌了下來。

黃沙燙人，但宗亭動彈不得，他一直被捆在馬背上，此時馬倒了，他也無法起來。一同跌下來的還有元信，他下意識要開罵，嗓子卻發聲困難，於是他撐臂坐起，吐掉嘴裡的沙子，拔出匕首割開馬頸，猛地湊上去飲起了生血。

元信這舉動無異於飲鴆止渴，如此一番蠻飲並不能解決眼前的燥渴。飲完了，身體反而滲出更多汗液，心跳越快，連握著匕首的手竟也控制不住地顫抖。

殺了馬，只剩下滿臉血與滿目黃沙，對尋找前路毫無建樹，反是雪上加霜。

元信有些盲目地想起身往前走，卻因站不穩，一下子跌在宗亭身邊。風貼著皮膚遊走，天地間盈聚不散的熱量將人的意志力逼入絕境，他費力睜開眼，面前只有宗亭毫無波瀾的一張臉。

宗亭連眼皮也懶得抬動，他需要盡可能地節省力氣，因此只無聲地呼吸著，絲毫不搭理對方。但元信突然一把揪過他，聲音嘶啞含糊得幾乎聽不清——

「給老子起來，接著走！」

宗亭聽不太清楚他說什麼，但嗅到了近在咫尺的血腥氣，於是抬起眼皮看向他。元信臉上沾滿黃沙與血液，一雙眼睛也逼得通紅，累日疲憊幾乎將他心志悉數摧毀，現在連「求生」這個最後信念也快要崩塌。

他一旦甘心死去，便不會再在意大計的落空與否，最後一定是要拉著自己一起死。

宗亭捕捉到了其中的危險，卻一臉的無所懼，甚至彎起乾裂的唇，不急不忙道：「我說了……靠你走不出去，可是你不信我。」

聲音低啞無力，卻透著挑釁。

元信在大漠中顯然是個生手，在黃沙的狡詐與無情面前無計可施。

宗亭卻不同，身在西北多年，少年時期他就曾隨軍數次深入沙漠腹地擊退外敵，對大漠的脾性顯然更為熟悉。

元信面對他的囂張，怒氣叢生，陡將他前襟抓得更緊，喉嚨底更是發出一聲憤怒低號。

宗亭任他揪著，被捆在身後的手這時卻觸到地上一攤黏膩的東西，是已經開始凝結的血液。隨之摸到的，是尖利的、被滾燙的沙子焐熱的匕尖。

「求我帶你出去。」宗亭閉上眼，四平八穩地說道。他從容裡透著萬分的狡猾與優越，全然不在意再次激怒對方。

元信瞪著眼，用含混不清的聲音道：「出不去老子就拿你陪葬！」說著就要將宗亭從地上拖起來，可宗亭仍與馬捆在一起，他根本沒那力氣拽動，反又重重跌下去。

空氣裡的血腥氣更重，馬開始腐爛，數隻黑禽在上空盤旋，伺機對獵物下手。元信躺在沙地裡猛補幾口氣，突然一個翻身，沾滿血的雙手瞬間就掐上宗亭的脖頸，儼然已是歇斯底里的架勢。「老子要你一道死！」

他整個人都壓在宗亭身上，雙手死死扼住宗亭的咽喉，怒瞪的眼珠彷彿要掉出來。

這時宗亭倏地睜開眼，出聲艱難卻有力：「我不一定能活，可你卻——一定會死！」他說話時，額顳血管簡直要爆開，兩肋下腹亦深深凹陷，手從背後移出，目不轉睛盯住失控的元信，將手中利刃穩穩扎進對方後背，直捅心臟。

血濺了滿手，身上壓著的身體在瞬間變得更沉，喉間緊跟著一鬆，宗亭緩慢地補了口氣。

霎時間，盤旋在上空的數隻烏鴉俯衝而下，爭相啄食新鮮的屍體。唯有一隻無心奪食，穩穩落在宗亭臉側，將叼來的馬蓮子送給他。

清苦味道入口，猶如雪中炭一樣及時。

一眾禽鳥爭啄肉體，血腥氣盤旋不散，宗亭身上彷彿壓著一個屠宰場。他費力推開身上負累，掙脫已被割斷的繩索。鳥兒們受了驚嚇乍然飛起，撲稜稜的一陣，一同往北邊飛去了。

宗亭抬頭查看飛鳥的行跡，直到那一叢黑影消失在視界中，才咬牙站起來。

累日疼痛讓人麻木，關節也難以自如地配合，但此時為求生只能往前走。宗亭解下馬背上的空水囊，割下馬腿，帶上烏鴉，隨鳥群也往北邊去。

方才吃到的馬蓮子非常新鮮，意味著在不遠處就有馬蓮草，或許還有沙棗樹，甚至水源。只有找到水源，他才有可能活下來等待營救。畢竟以他目前的體力，想要獨自徒步回賀蘭山，幾無可能。

日頭漸漸下移，天邊紅得像要燒起來。翻滾的塵沙到了一天中最疲竭的時候，乾枯的胡楊檉柳倒臥在沙子裡，野羊從沙丘後竄出又消失，宗亭身旁的烏鴉突然興奮起來，在遼闊天地裡聒聒叫喚，忽地展翅騰空，逐日而去，不見蹤影。

宗亭體力幾乎耗盡，全憑意志支撐，他在原地停了一陣子，打算繼續前行時，烏鴉卻突然折返，渾身潮溼地帶了未成熟的沙棗回來。牠溼漉漉地棲在宗亭肩上，用羽翼親暱蹭擦著他的臉，讓他感受到久違的水，迫切想讓他知道求證的結果。

宗亭笑了，這時天邊終於斂起燒紅的臉，掛上了沉沉夜幕。他吃下苦澀青果，抬起頭就直面天河。夜風裡繁星閃耀，置身其中，內心是前所未有的壯闊與孤獨，也萌生出前所未有的期盼與掛念。

可等待是漫長的，哪怕李淳一特意帶上了熟悉大漠的兵馬前來尋宗亭，效率也十分低下。

經歷幾日的徒勞找尋，人馬皆倦極，帶的食物也用了大半。

這一日傍晚，大將斗膽同李淳一進言：「倘明日還找不到，臣懇請殿下先行離開。」

他的擔心不無道理，這兒不光環境惡劣，且隨時會招來北邊的敵人，李淳一身為儲君不能有任何閃失。

他這一開口，其餘人紛紛附議，其中一副將甚至自請命要護送李淳一回去。

李淳一沉默不言，抬起頭卻突然看見呼啦啦的鳥群飛過，一陣又一陣。是斑鳩，牠們通常會在日暮時分回到水源地，這意味著繼續前行很可能會遇見大面積的湖泊。她突然偏頭問身邊一個熟悉沙漠的校尉：「如果在大漠中水盡糧絕，你會怎樣做？」

校尉一怔，回道：「自然是先找水。」

「找到之後呢？」

「飲夠了水再啟程。若是太累便多歇些時候，做足準備再重新上路；或等人來救，畢竟有水的地方，總會有人找來。」

「憑相公的經驗，能找到水嗎？」她像是問別人，又像是自問。

校尉還沒來得及回答，李淳一已經揮鞭起程。「跟上！尋到水源，也好有補給。」

茫茫暮色中，馬蹄引得平息下去的沙塵又重新翻騰。

這聲勢浩大的找尋，驚得飛鳥起、爬蟲遁，也喚醒了湖邊沉睡的宗亭。烏鴉在他耳側呱個不停，他一把抓住烏鴉坐起來，塞了果子給牠，咧嘴看向遠處，眼眸也亮起。「她來了。」

那馬蹄聲越發近，宗亭卻抱著烏鴉一動也不動，甚至忘記了眼下自己披頭散髮，形容十分狼狽。

繁星引路，馬蹄聲在距離湖泊不遠處終於停下。有人下馬，舉著點亮的火把沿星河的方向朝他走來。

火光將她的臉照亮，這一刻，宗亭數日以來的掛念與期許才真正有了安放之地。

他想站起來，但之前體力透支得太過，眼下每一塊肌肉都疼，實在難起身，於是只能等她走向自己。

可李淳一在兩步外停住步子。

她看清了他的模樣——原本無瑕的臉上多了傷口，衣服上更是血跡斑駁，因此無數要說的話就生生堵在喉嚨口，哽得她後牙槽發酸，逼得她眼眶漲疼。

他到底知不知道這計畫有多自負、多危險，就算要為她鋪路，要這樣將命搭進去嗎？

她咬牙又仰頭，多日來在旁人面前強裝的鎮定彷彿馬上就要土崩瓦解。

宗亭察覺到異常，朝她伸出手，沙啞出聲道：「我知道妳會來。」哪怕心中其實也有過「萬一再也見不到」的擔憂，此刻也還是要這樣篤定地開口。

可李淳一硬著心腸逼他以後不要再做這樣的險事，遂道：「若有下次，我決不再來。」

「說是這樣說，可真有下次，妳還是會來。」

她是他的軟肋，他又何嘗不是她的軟肋？於是他轉了話鋒，反而安慰起她來：「不會有下次了。」語聲低緩，這保證裡甚至顯出幾分乖順。

烏鴉在他懷中無辜地「呱」了一聲，李淳一突然往前邁步，握住他伸出的手。「起來，我帶你回去。」

「起不來了。」

李淳一抿脣，又往前一步借他支撐，才將他扶起來。

大將這時迎面跑來，本是好心要幫忙，卻得宗亭不太友善的一瞥，於是立刻收了念頭，識趣改口道：「殿下，是否立刻啟程回去？」

李淳一肩頭負著宗某人這個重擔，咬牙應道：「讓馬喝夠了，再補些水就上路。」

宗亭隱約察覺到她身上一觸即發的怒氣，於是也不敢亂說，只任由她擺布。末了，校尉將白馬牽來，幫忙將宗亭扶上馬，李淳一隨即板著臉翻身上馬，坐在他身後，越過他的腰握緊韁繩，警告道：「別亂動。」

她說著就掉轉馬頭，率眾往南行。

白日難挨，夜晚卻涼爽。一路夜風相隨，星空為引，再不必走彎路。到賀蘭山，考慮到宗亭的身體狀況，換了馬車繼續西行。

車駕顛簸，宗亭卻睡得很沉。他熟睡的當口，李淳一正好處理公務。條案上壓滿了加急送來的奏抄，攤開的長卷垂下去，上面密密麻麻，盡是籌謀。

車隊進城門，於是先停了一停。李淳一合上手中奏抄，下意識要替宗亭拉一拉掉下去的薄毯子，可見他睜著眼，目光所及之處正是垂下去的半幅長卷。

他突然開口：「看來殿下也並不只是為了我才來。」說著斂回視線，看向李淳一。

「我既然到了這裡，自然不能白來。」李淳一索性將長卷抽出，遞給他道：「既然已經看了，就索性看完吧。」

宗亭撐臂坐起，接過長卷從頭讀下去。字字觸及軍政格局，也事關人丁稅賦。西北局勢向來複雜，女皇在位的這些年也沒能將這一團亂麻捋清楚，只放任它壯大，放任它內鬥，如此下去既威脅中央集權，也不利於地方長治久安。

先前他就已經向李淳一提議改制關隴軍，眼下李淳一正是將此事一層層分解，制訂出詳細的操作方案來，更加周密且明確。

以前女皇一定也有此思慮，但她沒有等到的東風，被李淳一逮住了。關隴是個難題，由宗亭來接題、解題，最合適不過。

除此之外，還有重建東西商道、中興西北樞紐等計畫，這當然都是改制軍政格局之後的事了。

車隊一路行至肅州，城內外一派風平浪靜，一點兒也瞧不出數日前的內亂，只有到了演武場，才看到角樓上懸了若干個內奸人頭。

士兵們仍如往常一樣操練，武園聽得宗亭回來了，連兵也不練了，急急忙忙地就去見，卻忘了宗亭身邊還有個難以對付的李淳一。

冤家路窄，武園瞧見李淳一，倏地頓住步子，進退維谷。

這時姚司馬也過來，見武園傻呆呆地杵著，忙從後邊拽了他一下，即刻俯身對李淳一及宗亭行禮，武園這才跟著手忙腳亂地拜了個大禮。

李淳一知道他之前對自己有意見，但該翻篇的沒必要揪著不放，遂叫他們二人起來。

一貫話多毛躁的武園這回倒是沒了聲，全靠姚司馬一人匯報情況，無非是傷亡計算與一些善後事宜。到最後了，武園才畫蛇添足地補了句

「好在關中軍來得及時，傷亡不大」，算是討好李淳一。

眼下關中軍已是支援安西去了，離李淳一與長安朝臣們約定的登基吉日也剩不了多少天。她無法在關隴久留，因此將每一日都過得萬分緊湊。以前只從帳目與旁人敘述中獲知關於這片土地的一切，真正走一遭才察覺到山河的廣闊與計畫推行的難處所在。

先帝沒能完成的事，她得繼續做下去。

這一日天色陰沉，芒草在風裡齊齊彎腰，李淳一前去墓地祭拜。隨行者除了衛兵，還有宗亭。墓地蔓草恣長，已是許久無人至。宗亭帶著祭品與李淳一沿神道前行，碑上所載生平，正是關於宗亭父母的。

此時距離桓繡繡與宗如舟離世，已經過去了八年。這些年來宗亭一直懼怕揭開當年往事，怕回顧以前那個無能為力的自己，因此幾乎不來墓地，甚至常常在父母忌日到來之際故意逃出關隴。

他痛恨自己曾經的無能，因此現在想方設法證明自己的力量。李淳一知他心中對此有很深的執念，怕他走得太遠回不來，所以與他一起到此地，希望他明白，過去的芒刺，再痛恨、再懊惱，抓在手裡只是傷自己。

祭拜完，紙灰在風中翻躍掙扎，最終還是沉落。

宗亭若有所思地起身，握過李淳一的手。「時辰不早，殿下該啟程了。」

肅州往東三十幾驛，一程程過去，就能回到長安。

回京隊伍早已候在城外，宗亭有諸事纏身，無法送得太遠，只取了一只捲筒交給李淳一，故作瀟灑地說：「送君千里，終須一別。」他說著看向李淳一，眼眸仍是那樣明亮，像大漠裡的星河，但又帶了些狡詐。「捲筒回京再拆。」

李淳一握緊那帶體溫的捲筒，只節制地說了一聲「相公保重」，便牽過侍衛遞來的轡繩，翻身騎上白馬，飛馳往東去。

與壯闊粗獷的西北市景比起來，長安的里坊日復一日的拘謹細膩。百姓們習慣了這樣的生活，朝官們卻不習慣宮中無人主政的日子。

皇城裡多的是望眼欲穿，到了登基前夜，這期盼就徹徹底底化成了焦慮。

「明日一早就是登基大典，回不來怎麼辦？這都什麼時辰了！」宗正寺卿收不到驛站傳來的信報，在衙署內急得直跳腳，偏偏這時候還有書吏湊上來問「何時才能下值」，宗正寺卿怒道：「下值下值！下什麼值？你看哪個衙門不是燈火通明，你還有心情下值！」

無辜書吏本來睏得不行，被他這一罵，頓時睡意全無，只好戰戰兢兢回到案後待命。

與宗正寺卿一樣焦躁不安的還有尚書省一眾長官，禮部尚書甚至喪氣地詢問司天監能不能改日子。司天監卻撫鬚搖頭，始終不慌不忙。「會回來的，會回來的。」

報時的鼓聲敲響，夜很快就要過去，整個皇城徹夜等待新君的歸來。一個禮部書吏忽然指向黑漆漆的夜空道：「看哪，啟明星！」

他這裡話聲甫落，天門街上就有一匹白馬穿過朱雀門，迎著啟明星，一路踏進了太極門。

早已等候多時的宮人悉數迎上去，在天亮前趕著做完大典前最後的準備。李淳一洗去一路塵埃，剛換上沉甸甸的袞服，外邊就已經在催了。

天色將明未明，她起身從舊衣裳裡取出宗亭臨別贈的捲筒，對著不滅魚燈展開卷軸——

上邊唯書「謹言慎行」四字爾。

青馬

第十五章

還沒到年節，長安里坊中就有硫磺味迫不及待地溢出來。

度支郎中府上的孩子們對爆竹懼怕又期待，於是站得老遠，捂住耳朵、瞇了眼睛看家僕燃爆竹。

劈里啪啦一陣響，小娃們便是又叫又嚷，待聲音歇下去，才紛紛大笑起來，叫家僕接著放。

家僕見小主人高興，自然十分賣力，可沒料到火還沒點，管事就從廊廡北邊冒出來，恐嚇道：「不要再放了，郎君這會兒快從衙門回來了，萬一給逮著又要挨訓。」接著又同小娃們道：「娘子叫小郎君們去溫書。」

小娃被掃了興，不高興地嘀咕：「明日都要過年了，不讓放爆竹，還逼人讀書！」

另一小娃也道：「就是就是，且阿爺也講話不算數，都除夕了還在衙門裡待著，說好給我買的小馬一點兒影也沒有。」

小賂膊擰不過大腿，職權驚人的管事上前就將兩個小娃揪著往西屋去，嘴裡還說道：「你們阿爺啊，那是朝廷股肱之臣，這會兒還留在衙門肯定是陛下的意思，這是受器重哪！小郎君得好好讀書，將來也同郎君一樣才好。」

不過，被唸叨的這個度支郎中，眼下並不在衙署內，而在新宮城的延英殿。

殿內魚燈悉數亮著，條案上堆滿奏抄與簿子，因李淳一近年來十分懼寒，故炭火生得極旺，穿著厚厚棉服的度支裴郎中額頭滲出細密汗珠來，手按在簿子上一頁頁翻過，纖芥不遺地同李淳一稟報來年的支度國用計畫。

按說這事半個月前就該完成，然今年實在忙得要命，加上戶部一堆人事變動，死趕著到除夕也才算是真正收了尾。

各衙署夙興夜寐，李淳一同樣早起晏睡，濃茶已用了好幾盞。

裴郎中說著話，內侍又送茶來，他頓了一頓，低頭抬袖飲了一口潤嗓，接著道：「隴右一道歲得二千一百六萬，其中屯軍二十一萬人，支用五百二十萬。」

殿內只聽得到裴郎中不疾不徐的說話聲，李淳一有一瞬的走神，好在外邊報時的鼓聲響了，她才斂回神，插話問：「今年隴右屯田餘粟到哪裡了？」

裴郎中回道：「年前已轉運至靈州，不日入太原倉，以備關中凶年。」

李淳一因為缺覺，嗓子有些啞：「你接著說。」

裴郎中於是接著說了下去，不過他能明顯察覺到李淳一對隴右的額外關注。或許是因為隴右數十年來一直是帝王心病，也或許是因為這幾年主持隴右局面的是帝王前夫、前中書相公宗亭。

距關隴內亂已過去了六年，這六年來，一切都似乎按著預期的方向發展。

只涼州來說，其儼然成為連接東西的重要樞紐，因其交通便利，貿易極為頻繁發達，而大軍屯駐帶來的巨大需求無疑也促進了生產的繁榮，光人口就有五十萬之眾，已是西北最為富庶的大鎮。

如果說以前的關隴是一團迷霧，現在的關隴則是一汪清水，只要想看，就能看得清清楚楚。

裴郎中的支度國用計畫匯報臨近尾聲，外面天色也轉黑了。

他收起度支抄，李淳一突然問：「裴郎中家有兩個小兒吧？」

裴郎中一愣，忙應道：「是。」

李淳一轉向內侍。「宮裡過年的果子叫裴郎中帶回去給孩子們吃吧。」說著起身。「今日除夕還叫你過來，辛苦了。」

裴郎中連忙起身，俯身低首回：「臣之本分，不敢稱辛苦。」

李淳一沒有再說話，等內侍送裴郎中出門口，轉向一側的起居舍人。「如萊，去同先生說，阿瑛晚上的課不用上了，叫她過來。」

宗如萊得了口諭，躬身正要退出延英殿，李淳一又同他道：「你也早些回去吧，別讓國公等久了。」

「是。」成年的宗如萊已顯出符合年紀的沉穩，再次行禮，這才離開去往東宮官署。

天幾乎全黑了，宮燈將路照亮，空氣雖冷，但氤氳著年味。宗如萊獨自行走在宮道上，莫名想起某一年的深夜，他又急又慌，獨自騎馬穿過宮城替身陷危難的李淳一報信，現在回憶起來，突然發現時間過去了那麼久。

宮城從舊搬到新，這些年發生了許多事，但他願意相信，現在是較過去更好了，將來較現在也會更好。

穿過五拱丹鳳門，又拐進延喜門，一直往西行，就是東宮官署。這會兒皇城內除了一些值宿官，其餘人幾乎都已經回家守歲，因此連燈光也寂寥。可東宮官署是個例外，仍然燈火通明，且還傳出清朗讀書聲來。

小公主獨自坐在案後，默背的正是漢書中的某段。她機靈又賣力，很會討好老師，知道將書背完，老師就會早早地放她回宮裡去見阿娘。

這位嚴厲的老師正是賀蘭欽。

他原打算李淳一繼位後就回淮南去度餘生，然總有人挽留他，送了雪蓮還不說，之後更是名貴稀奇的藥材不斷，像是完全收起了「嫉妒」，鐵了心要替他續命似的。

因此賀蘭欽在京城一留就又是六年。

眼下他聽小公主一字一句背完，卻一句誇讚的話也沒有。倒是來湊熱鬧的孤家寡人宗正寺卿搶著讚道：「公主好記性，真是不輸陛下與宗都護哪！」

小公主難得聽一句誇獎，自然很高興，但想起平日裡先生教導的戒驕戒躁，便不敢太得意。她好奇地問宗正寺卿：「阿娘記性比常人厲害這個我知道，宗都護也很厲害嗎？」

「那是自然。」宗正寺卿誇張地說：「厲害得可怕哪！」

他的誇張神色將她逗笑了。小公主問：「我聽他們說，我與宗都護長得很像，是真的嗎？」

「可不是？公主的眉眼與宗都護的簡直是一個模子裡刻出來的，太像了，像得可怕。」

小公主聽完忽然斂起笑，故作老成地感慨道：「聽乳母講，我小時候見過他的，可那時我還不記事，因此我如今無論如何也想不起他的模樣了。」

隨後她又惆悵地說：「我想阿爺了。」

「有三年未見了吧？」宗正寺卿剛說完，忽覺氣氛有些不對，連忙換了話題說：「今年自除夕到元宵都不禁夜，數十年頭一遭，外邊可熱鬧了，燈輪啊——」他不遺餘力地向小公主描述皇城外的世界，伸手比了一下。「比這屋子還大。」

小公主頓時被吸引住了，要知道她平日裡雖然能夠出入宮城，可也只能到承天門為止，再遠就不允許去了。天門街上什麼光景，她還沒瞧過呢。

宗正寺卿接著「挑唆」：「殿下今晚求一求陛下，趁著不禁夜出去看看。小小年紀總在這皇城裡待著，會悶壞的。」

小公主支著腦袋想想，又迅速瞥一眼賀蘭欽，有些氣餒地說：「阿娘不會允的。」

宗正寺卿一臉幸災樂禍，起身道：「哎呀，那可惜了，那麼大的燈輪——」又嘖嘖兩聲：「殿下沒有眼福了，某這會兒啊就出去看看——」說著一拱手，言一聲「下官告退」就要推門出去。

沒料他甫開門，就見宗如萊在外邊，他道：「宗舍人！還不回去有什麼事嗎？」

宗如萊拱手行禮。「某來傳陛下口諭。」

「喔喔，那進去說吧。」

於是宗如萊推門而入，俯身行完禮，道：「陛下的意思，說今晚的課不必上了，請公主回去。」

小公主一聽，心想也好，雖不能出去玩，但至少不必唸書了。

可賀蘭欽說：「今日事，今日畢，殿下功課沒有結束，還是要做完了再走。」他轉向宗如萊。「請轉告陛下，到時辰會將公主送回去的。」

宗如萊猶豫片刻，突然一拱手。「是。」竟十分乾脆地出去了。

小公主悄悄下垂了臉，沒想到賀蘭欽卻起身取了件小斗篷，遞給她道：「請公主穿上。」

小公主兩眼頓時一亮，訝異地問：「先生要帶學生去哪裡？」

「殿下方才不是想看燈輪嗎？」賀蘭欽理所應當地說：「那就去看吧。」

「可是瞞著阿娘，不太好吧。」她手捧斗篷，垂著腦袋猶豫道。

「她會知道的。」賀蘭欽說著逕自披上暖軟斗篷，攏了手爐往外去。

小公主聽了這話，俐落地將斗篷一繫，三步併作兩步跟出了門。「老師等等學生。」

果不其然，這邊往外去，那邊宗如萊就差人去回稟李淳一。

李淳一本打算叫人將他們追回來，可轉念一想，突然說了聲「罷了，讓她去看」，最後只差人暗中跟著，保證他們安全。

由於今年除夕不禁夜，許多人不滿足於在家守歲，紛紛出來湊熱鬧。有人看戲法，有人賞胡旋舞，有人踏歌，有人聚在一塊看新奇的焰火，爆竹聲更是不絕於耳。

小公主捂住耳朵，跟著賀蘭欽飛快地穿梭在人群裡，在喧囂中，她大聲同老師說：「先生哪，外邊真的好熱鬧好熱鬧啊。可是我——」

她大喘一口氣，聲音卻沒力氣再高上去：「走不動啦。」

賀蘭欽完全沒有聽清她後半句，回神轉過頭，卻根本找不著她了。

小公主被留在原地，正慌神，忽有人將她抱起來。

那人戴著金箔面具，雖只看得到眼睛與嘴唇，在燈輪下卻格外奪目。

小公主看呆了，斗膽伸手摸了一下，卻也不害怕，反而覺得親切，於是鬼使神差地摘下他的假面，困惑地小聲驚呼——

「呀……你為何長得像我阿爺哪？」

說著她深深一嗅，心中有了答案，篤定道：「阿娘說阿爺身上香香的，像宮裡的桃花。」

她開心地說：「真的是桃花的味道。」

青鳥

番外

許多年後，我仍能想起那一年的除夕。

那日我像往常一樣起早去讀書。夾城中安靜晦暗，如身處魚腹，潮溼晨霧裡湧動著與平日不同的氣味。大約是放爆竹的硫磺味吧，我深嗅了嗅，用力去捕捉宮城外進來的那一星半點的熱鬧。

在方方正正的宮城裡長到六歲，我從未見識過天門街上的光景，對外面世界的想像僅僅源於旁人描述，如我對阿爺的想像那般。

我出生時，他便身在隴右。人們說隴右沒了他便很可能亂作一團，因此他只好經年累月地待在那裡，極少有機會回到長安。有時哪怕回了京，待不了多久便又得返回隴右，實在繁忙得很。

除夕這天早上趕去官署讀書的我，穿梭在夾城濃霧裡的我，已三年沒有見他了。

宮外的阿爺這會兒在做什麼呢？他是像我這樣早起讀書，還是像阿娘那樣一大早就要開始處理繁忙公務？

大約是我的想念與好奇，令期望成了真。

就在我快記不起他模樣的這一天，他又回到長安，出現在除夕深夜人聲鼎沸的天門街上，突然將走得氣喘吁吁的我舉起來。

我嚇了一跳，可看到他戴著面具的臉，很快又不怕了。

這個面具我見過。

他身上的桃花氣味我也覺得似曾相識。

於是我斗膽去摘他的面具，哎呀——

我的阿爺真是好看。

難怪人們議論起他時，總不忘說一句他有一副尤其不錯的皮囊，令女皇與他和離後也忘不了，甚至——後來還有了我。

關於此，坊間傳聞不一，我也一度感到非常困惑。

當初到底為何分開？既然彼此都放不下，又何必和離？抑或真的是像宮人們私下議論的——只是權宜之計？

就算是權宜之計，他們也確確實實分開了近十年的歲月。

後來我聽特別多嘴的宗正寺卿說，他們二人早些年就分開過，大約早已經習慣了這種分離。然我仔細想了想，倘若要我十多年都見不到阿娘，我會非常難過的。

我望著他的眼睛，卻並沒有看到那種難過。

天門街上人語馬嘶、流光溢彩，他的眼眸裡滿是笑意。

「阿爺帶妳回家。」

我們穿過燈輪下踏歌的人群，待到爆竹聲與焰火都遠去，終於到了務本坊西邊那座宅子。

那是我長到六歲，頭一回來到宗宅。

甫進宅便可見戟門，老師說過，設戟於門，為顯貴之家。進了戟門，又見一株大槐樹，它不知在此生長了多少年，比我阿爺年紀還要大。它見證了許多，興許其中就有我阿爺與阿娘的過去。

天冷得發乾，空氣裡還有爆竹燃過的殘餘氣味。我鼻子尖凍得痛，肚子也餓得扁扁的，正想問阿爺討一點兒吃的，阿爺卻早就知道了似的，將我帶進暖和的屋子裡，叫小僕送了熱湯、熱餅來。

我一邊小心吃著，一邊偷偷打量他。

「看我做什麼？」他百無聊賴地翻著書問我。

「阿爺還要回隴右嗎？」

「妳若肯一直留在宅裡陪著阿爺，阿爺便哪裡也不去。」

他瞧我一眼，隨口說了這樣的話，年幼的我卻真的犯了難——阿娘從不許我在宮外過夜，今晚本就是偷偷溜出來的，已經違背了她訂的規矩，更不要提一直留在宗宅這樣的事。可我又非常希望阿爺能從此都留在長安，那樣我就再也不會忘記他的模樣，阿娘也不會在旁人忽然提到隴右、宗都護時忍不住走神了。

我皺著眉頭，想破腦袋也想不出一個萬全之策。

阿爺卻看著我大笑。

看別人犯難怎麼還高興起來？

我不開心地撇撇嘴，他就伸過手來捏我的臉，好像正要說什麼話，卻忽然一頓，滿心歡喜地揚起眉來。「有要客到了，妳繼續吃，阿爺出去一趟。」

說罷，他意氣風發地出了門，將我一個人撇在屋裡。

要客？我捧著吃了一半的油浴餅坐在暖爐旁發愣，在木炭燃燒的輕細劈啦聲裡，似乎聽見外面的一點動靜——

好像是石子落地的聲音，一顆接著一顆，像是哪家不幹正事的少年郎在院牆外朝人家宅子裡丟石子搗亂。奇怪的是，阿爺的腳步聲從房門外的廊廡裡消失後，竟然重新出現在北面院牆附近。

阿爺是去制止那個丟石子的少年郎了嗎？
不是說要去見要客？
我擱下油浴餅，挪到北面窗下，悄悄地支起一點兒來往外看。
啊？那丟石子的——
她坐在院牆上頭，將手裡最後一顆石子瀟灑一拋，然那石子卻沒有落地，因我阿爺伸手接住了它。
我阿爺仰起頭道：「天家的人，翻臣下府邸的牆頭，成何體統？」
牆頭上的人一本正經回道：「朕聽聞你擄走了公主，特意前來追討。」
我駭了一跳，趕緊闔上窗戶。
翻院牆丟石子的竟是我阿娘……
我從不知道阿娘會做這樣幼稚的事情。
她在朝臣面前向來都沉默寡言，就算與我在一塊，也維持著帝王基本的威嚴，即便是表露親切，也多少存在限度。老師說過，生在天家，有些事渴求不得，譬如父母之愛。若似尋常人家那樣不加節制地傾倒，必然會有朝臣跳出來說三道四，痛陳溺愛儲君的害處，叫我體諒她。
我明白的。
從我記事起，我就隱約感受得到。她坐上那個位置，就像是鳥飛進囚籠，一舉一動都被人看在眼裡。如履薄冰似她，同樣有著為人的局限，總有出錯漏的時候；而待在籠子裡，這錯漏便要受盡檢閱，彷彿人人可看得，人人可評得，就更顯出其難處，好似一刻都放鬆不得。

但她坐在牆頭的那個模樣，明明鬆弛又自在，彷彿囚鳥飛出牢籠張開了羽翼。

我正想支起窗子再偷偷看上一眼，卻聽見她從牆頭跳下來的聲音，緊接著是逐漸走遠的說話。

我阿爺道：「怎麼能說是臣擄走阿瑛的？她自己偷溜出來，又在天門街上迷了路，臣總不好不管，既然大半夜不好進宮去，那當然只有帶回家了——」

好哇！阿爺這個壞人，怎能與阿娘說我是偷溜出來的呢？這下子好了，阿娘回頭肯定又要責罵我……

聽那腳步聲繞了一圈往屋舍這邊走來，我眼前一黑，三步併作兩步爬上床榻，決心假寐躲過。

腳步聲在門口停下來，我閉緊了雙眼躲在床榻裡側，大氣也不敢出。

先進來的是阿娘，她沒有找見爐旁的我，立刻問：「阿瑛呢？」

阿爺闔上門應道：「睡了吧？」

他都沒走進來，怎知道我睡了？我心中正暗暗嘀咕，他們兩個竟都往床榻來了，我阿娘更是在榻旁坐下來——我熟悉她的香氣，很小的時候我一聞那香氣就能呼呼大睡，後來她與我說那是阿爺也用的熏香，我便記住了，是桃花的香氣。可我今日發現，哪怕他們用的是同一種香，仔細聞起來其實是不一樣的。

真好，現在我兩種香氣都能聞見。

我正沉醉其中，阿爺忽道：「阿瑛長得還是更像臣吧？」

「阿瑛是我懷胎十月生的，當然更像我。」

「明明更像臣，妳看那嘴、那鼻子、那眼睛——」

「相公不若取鏡自照看看，頂多鼻子像些罷了。」

這有什麼可爭的？就在我暗暗嘀咕無聊時，一隻手伸過來，輕輕握住我的手——似乎帶一些薄繭子，應當不是阿娘的——我頓時緊繃起身體，生怕裝睡被發現了，卻又聽阿爺問阿娘要帕子。

要帕子做什麼？

哦，我想了起來，方才為了吃油浴餅弄得滿手油，竟然忘記擦了，我真是粗心又邋遢。

「我來吧。」阿娘說。

「讓臣來吧，陛下將被子取來就好，就在那邊矮方櫃裡——」

「我知道。」

她說著起身離開床榻，很快找到了盛放被褥的矮方櫃，將被子拿到榻上。就這樣，阿爺替我擦了手，阿娘替我蓋了被，兩人各自輕撫了我的臉，癢得我差點笑出來。

然我慶幸地想，還好我是醒著的，記下了這難得的、像平常人家相處的珍貴瞬間。

後來屋裡爐火越盛，他們坐回案旁說著一些我不甚明白的朝廷要事，又隱約聽見「關隴安頓好了便回來吧」、「那臣要寵冠後宮才行」之類的話，再後來我便稀里糊塗真的睡過去了。

一夜的美夢，是宮裡盛放的桃林，是飄散不去的桃花香氣。

後記

故事寫於二〇一五年的春天，中途因一些瑣事曾停筆擱置了小半年，幸好最終還是得以完稿。時隔六年再回望，既陌生又難為情——故事裡的人我都認得，但又因為太久沒見，生出一種奇怪的陌生感，這陌生似乎讓我跳出了書寫者的角色，在回看過程中暫時成為讀者，是很奇異的體驗；可完全成為讀者又是不可能的，我還得跟個編輯一樣，按行搜尋病句錯詞及表達不當之處，一旦發現不對勁，便像個上黑板寫錯題目的小學生似的，趁底下老師、同學不注意趕緊偷偷擦掉重寫，但這些東西畢竟曾經發表過，所以到底還是難為情。

有時錯漏太多，甚至連修改表達也挽救不了，我便拍著鍵盤自暴自棄。「乾脆重寫得了！」然此番宏願最終不過成了氣話，一來是實在沒有那麼多的精力，二來覺得尊重過去的自己也是必要的。

因此撇開一些基礎性錯誤，整個故事的人設和劇情設置都未做重大修改，基本保持了二〇一五年發表時的大概樣貌。

感謝李淳一、宗亭及其他角色的短暫陪伴，感謝孔老師、田女士、王師姊以及可愛的編輯們。

二〇二一年五月於成都

青鳥（下）

作　　者／趙熙之
執 行 長／陳君平
榮譽發行人／黃鎮隆
協　　理／洪琇菁
總 編 輯／呂尚燁
執行編輯／陳昭燕
美術監製／沙雲佩
美術編輯／李政儀
國際版權／黃令歡、高子甯
文字校對／朱瑩倫
內文排版／謝青秀

國家圖書館出版品預行編目資料

青鳥 / 趙熙之作 . -- 1 版 . -- 臺北市：城邦文化事業股份有限公司尖端出版：英屬蓋曼群島商家庭傳媒股份有限公司城邦分公司尖端出版發行，2023.09
冊；　公分
ISBN 978-626-356-982-9（下冊：平裝）

857.7　　112011742

出版／城邦文化事業股份有限公司　尖端出版
台北市 104 中山區民生東路二段 141 號 10 樓
電話：（02）2500-7600　傳真：（02）2500-2683
讀者服務信箱：7novels@mail2.spp.com.tw
發行／英屬蓋曼群島商家庭傳媒股份有限公司城邦分公司　尖端出版
台北市 104 中山區民生東路二段 141 號 10 樓
電話：（02）2500-7600　傳真：（02）2500-1979
劃撥專線：（03）312-4212
戶名：英屬蓋曼群島商家庭傳媒（股）公司城邦分公司
劃撥帳號：50003021
※ 劃撥金額未滿 500 元，請加付掛號郵資 50 元
法律顧問／王子文律師　元禾法律事務所　台北市羅斯福路三段 37 號 15 樓

台灣地區總經銷／中彰投以北（含宜花東）　楨彥有限公司
電話：（02）8919-3369　傳真：（02）8914-5524
雲嘉以南　威信圖書有限公司
（嘉義公司）電話：（05）233-3852　傳真：（05）233-3863
（高雄公司）電話：（07）373-0079　傳真：（07）373-0087
馬新地區總經銷／城邦（馬新）出版集團 Cite（M）Sdn Bhd
電話：603-9057-8822　傳真：603-9057-6622
E-mail：cite@cite.com.my
香港地區總經銷／城邦（香港）出版集團 Cite（H.K.）Publishing Group Limited
電話：852-2508-6231　傳真：852-2578-9337
E-mail：hkcite@biznetvigator.com

版　次／2023 年 9 月 1 版 1 刷　Printed in Taiwan